JN133510

# 注解するもの、翻訳するもの

岡井 隆
関口涼子

# 目次

# 注解するもの、翻訳するもの

# 夏の朝、関口涼子を読む

岡井隆

## 1 『熱帯植物園』に入る（六月十四日）[1]

六月十四日朝、雨。「未来」7月号のうた書いたあとで。

当初の道程に再び従おうと、なだらかな斜面を戻ってゆく途中、先刻は視界の触角にかからなかった黄色の群落に引き寄せられた。後には、あらゆる移動の起点になってゆく円形のこの場所にいて目を下ろし、初めて、書かれた文字の背後に膨らみが窺われることがあった。

（関口涼子『熱帯植物園』二〇〇四年、10b［bはブロックの略、25頁］）

はじめから予言してゐた道程があつたのかたとへあつたとしても[2]

まことそのなだらかな坂を戻るのが昨日の午後のぼくであつたが
気づかずに来た黄のいろの群落の帰路にあざやかに燃え出づるとは
いつもさう。起点になつて在つたのだ、円形のこのひろばは円(まど)か
書かれたる文字は恐らく永遠にそこに在つてもそのうしろには
異様(ことざま)にみえる膨らみ。ほのほのとそこに立つてる　それが文字(もんじ)だ

ここよりももっと南の、軽い破裂音で始まる名の土地から来た、と呟くか呟かないかのうちに、どこに隠れていたのか、同じ黄の斑紋を喉元に持つ鳥が騒然と飛び立ち、銘々に、le-pp / pod / bur / caffra / rip / ot / ka / と、互いの啼き声に掻き消され、その一つ一つの名は到底判然としない、呼びかけつつの旋回を行ったのだった。

(同、10bつづき［25頁］)

バートランドラッセルの書が西から来(き)それもはるかな西から来ては
センスデータつてタームを教ふ　つまり、さあ色音にほひ硬さ手ざはり

われわれは感覚をもつて識知するしかし本当の鳥なのかそれは[3]
実在とセンスの間(あひ)を問ひつめる西はるかなる哲人かれは
文字をみてゐる東洋の女人(によにん)にはおどろかされたんだ　その鳥が音(ね)に
鳥と花　黄は共通だ　色といふセンスデータは一緒だが
喉をもつ鳥はそれぞれル、ププ　ブットなんて騒いで女人を脅し
よくあるよなあ鳥を見て名を知らぬ人を見てその名を知らぬこと[4]
名付けてこそ物が在るとはソシュールの超高名なテーゼであるが
無名でも鳥は女人のめぐりから鳴き騒(さや)ぎつつ去つてつたのだ[5]

## 2
## 『熱帯植物園』の要約など（六月十五日）

何かを取りに入つた部屋で別の表紙が目に入つて関心が動くことがある　中央公論7月号
「総理がついに本音……憲法改正、靖国参拝問題　安倍晋三×田原総一朗」白抜の大文字
すると昨日風元正さんから来たファクスが、それに結びつくつて訳さ
「初めの構想は二〇〇一年、ポルトガルの様々な熱帯植物園で、（得た）七十ブロックのうち十一ブロックは二〇〇二年夏、パリとイギリスで、五ブロックは二〇〇三年十月、パリで、残りのブロック（bloc　圏？）は二〇〇四年一月八日から六月一日の間に書かれた。」

作者はこの詩集をかう解説してゐる（147頁）。

このあとのことはまた別　若林奮との文のやりとりが、生んだ興奮を伝へてゐるが……

日本の、二〇一三年の、初夏、愛知・岐阜・三重といふ限られたブロックから寄せられた二百ほどの歌の便りの中に「椎の木を上へ上へと這ひのぼり定家葛（ていかかづら）が霞むほど咲く」（K・H、女人）があつた「テイカカズラ」の学名はTrachelospermum asiaticum

茎長くのびて八メートルにまで達し径二－三センチの白花咲かす
夾竹桃科だと知るときいつか見た森のなかなる景観うかぶ

これら植物の
さまざまな学
名は、発音の
長さがどうあ
れ、皆きっか
りと同じ重量
を有している。

（同、17b［39頁］）

夾竹桃はわたしにとつて名古屋の花幼年の日の記憶に咲いて(7)
学名は Nerium indicum と告(の)るインド原産・花季ながく咲く(8)(9)
そもリンネ俗名の他にラテン語で学名といふ背中を張つた
そのわけは一つは解説にあるらしい Trachea 呼吸管が示指する(10)
呼吸根もて椎の木をよじのぼり霞まむばかり高き白花(しろはな)(11)
詩にうたふ「同じ重量」とはなにか字数を超えて共に持つ重さ

## 3　よそごとも混りつつソネット作る（六月十六日）

六月十六日（日）朝八時

新しい憲法草案もし書くなら、さう思ひつつ一夜をへたが
新しい雨は小止みもなく屋根を　そして草案の文字を濡らした
折々は「青年と死と」（芥川龍之介）のホーフマンスタール寄りのアイディアも来て
草案に竜樹菩薩の〈隠形(おんぎやう)の薬〉をまぶせて見えなくすれば
などと思ひ乱るる一夜へて『熱帯植物園』へまた入りゆきぬ(12)(13)

上昇や旋回の流儀が鳥の種類毎に

決まっていて変えられず、生涯に
知りうる方角もあらかじめ定めら
れているのに対し、自らはどこに
も向かうことのない植物には、動
作として振動が与えられ、反復と
折り重ねを絶えず呼び込んでいる。

（同、3b［11頁］）

**ソネット**（その1）

ブロックをたとえば15字×7行と決めたとき
ブロックの大きさが決まり　頁の長方形とほぼ相似
と決まるだらう

すると意味は眼の動きに従つて一旦
下降したあとで上昇し(14)　たとへば
「生涯に」と下降して一拍おいたあと
「知りうる方角も……」と続くわけだ

ここまでは鳥の「生涯」
五行目からは「植物」の一生
（そこに人間の生が暗示されてゐる？[15]）

昨夜窓ごしにホバリングしてゐた雀たちと
それにパンを投げながら遊んでゐた吾妻と
「上昇や旋回」をする夏の雀が
ときに敷居をこえて歩行しパン屑をつまむ

六月十七日朝

## 4 詩集『熱帯植物園』を総観する（六月十七日）

一九七〇年日本に生まれた聡明な女人（にょにん）にはそれまで『カシオペア・ペカ』（一九九三年）『(com)position』（一九九六年）『発光性 diapositive』（二〇〇〇年）『二つの市場、ふたたび』（二〇〇一年）といふ同じ書肆から出た四冊の詩集があり『二つの市場、ふたたび』は確かどこかに潜んでゐる筈。若林奮の本も二冊昨日見つけた。この女人にはたぶん仏文の『Cassiopée Peca』(2001, P.O.L) と『Calque』(2001, P.O.L) の詩集があるがこれらも十数年前の本。今短歌化（!?）[16]をやつてゐるこの本も二〇〇一－二〇〇四年の作品だから十一年前の創造、とすればその後の収穫も当然たくさんあるだらう。ところで7頁から147頁まで（あとがき風の147頁も作品と算へれば）七十一ブロックの作品はみな頁の中程に刷られ右寄りの7頁左寄りの9頁中央ほんのすこし右寄りの11頁と、また中央なかばに浮かぶやうに6字×18行といふ風に奇数頁にだけ文字が置かれ当然日本語だから漢字平仮名まぢりで従つて一字の大きさと形は漢字と仮名で違ふのだ。

生きるための
一つの形象と
して、前縁は
厚く丸みを帯
び、次第に鋭
利さを増して
後縁では刃物
をさえ思わせ
る。下面は扁
平、または幾
らか窪んでい

る場合もあり、
上方は、空気
の流れをなめ
らかにするた
めに、ふたた
び最初の丸み
を取り戻す。

（同、4b〔13頁〕）

これは肉厚の植物の「生きるための一つの形象」を敢へて硬質の漢語脈の文体で或る種植物学的記載をつとめて以て詩とした18行であるが「生きるための／一つの形象」は人間にもたとへばポルトガルの熱帯植物園を訪れた三十一歳の女詩人にもまたこれを短歌化しようとしてゐる八十五歳のわたしにもあるに違ひないがそれは内面に拡がる心の「形象」であつてホモ・サピエンスの場合ほぼ同型の体形をもち前縁後縁下面上方における形象の変化は暗喩として魂を指すならばともかく有りえないであらう。そこを肉厚の葉のかたちに托して詩人は歌はうとしてゐるともとれる。

しばらくは花を咲かせること無くて無ければぞその属名（実名）知らず(17)
ただそこにさびしき「裸名」としてたたずみぬ

と二首に翻したのは23頁の6行。第九ブロックであるが次の第十ブロック（25頁）から鳥がとび始める。たぶん147頁に書かれたやうにこのあと十一ブロックまでとそのあとでは詩人の見た花や鳥の棲む場所が違ふのだらう。しかし、詩の書き方は十二ブロック（29頁）以降もあまり大きくは変らない。といふことは詩人は頑固に一つの方針を貫いてみせたといふことで数年に及ぶこの詩集の特質の一つは方法の不変性なのだらう。

それまでにもかすかな兆（きざし）それは見え見えつつおびゆることもあつたが
49頁第二十二ブロックのにわかなる転移はなにかそれが知りたい[18]
ここまでは花と咲くのがここからは鳴く鳥の声ばかりきこえて[19]

わたしたちは
ただ啼くので
はなく、息を
する都度、気
道の奥まで子
音を落として
は鳴器を上手

につかってま
た投げ上げる、
朝の四時には
پ や ف の発音
と共に、長い
話をすること
だってできる。

（同、22b［49頁］）

今わたしは四十八ブロックまで辿つて来た。植物でもカワラケツメイ（河原決明）のやうに全く知らないのに広辞苑には出てゐて豆茶などといふ薬草でもありおもしろい植物名が出てくる。ここで147頁に示された「中世アンダルスの詩人達によって実践されていた詩形式「ムワッシャフ」とそこに住まう最終詩節「ハルジャ（出口）」への、私からの応答でもある」といふ謎めいた一節が浮かんでは消える。詩人はこの詩形（ひよつとすると定型詩？）について何の説明もしてゐないから空想する他ないのだが、ひよつとすると、わたしが昔試みた「定域詩」と似たものか？

ここまで辿つて来た七十ブロック　詩人のストイシズムをふかく思つた　抒情に流れることは全くないのだ[20]　それに抒情詩を添へることにはある種、攻撃的なたのしみがないでは

ない。(21)

『於母影』から一曲の抒情詩、七七調の詩をここに据ゑる

**あしの曲**（レーナウの詩。小金井喜美子訳と伝ふ）

日はかたぶけりあなたの岸に
ひねもすつかれしひるもねむりぬ
この池の面にみどりの色の
ふかくもうつれる青柳（あをやぎ）のいと
はるけき空なる人をしのびて
袖はうるほひぬ涙の露に
こゝにはあはれに柳そよぎて
夕暮のかぜにふるふあしの葉
深くもつゝめる我（わが）かなしみを
さやかに照らせるなつかしの君
あしと青柳の葉をもれきて
照わたるほしの影のごとくに

（小金井喜美子は森鷗外の妹）

ここには植物も出てくる。百年前の才女喜美子と現代の才女涼子を並べてみることができる。

## 5 短章の注解へ（六月十八日）

六月十八日（火） 朝七時－九時

昨日やつた総覧のせいもあるだらう 短章を選んでみたくなつた

人称は胚乳
の増殖にあ
わせてまた
編み直し、

（同、38b［81頁］）

注1 「人称」は一人称二人称等の文法用語。つまり語り手と対象の関係を決める。
注2 「胚乳」は胚（幼植物）に栄養を与える。

人称は胚乳が大きくなるにつれそれに合はせて編み直してもいい
（と短歌化するだけでは内部へ踏み込めてゐない）
あなたとよぶ幼植物はぐんぐんと大きくなれば彼女にかはる
（とひとまず　うたにして置く）

ただささや
かな苞一枚
で運ばれて
いくように、

（同、50b［105頁］）

注　「苞」はわら苞と解する。
　直喩（シミール）の形（「ように」）をとる。[22]

その花がたださやかなわら苞につつまれて運び去られるやうに
わたくしの憲法に寄せる思ひさへ苞につつまれ持ち去られいく[23]
昨夜おそく風元さんの電話にはうろたへず答へたつもりだつたが
憲法は美しい日本語でと言ひながら憲法は花ぢやないと気づいた
新しい憲法はもうあちこちで胚になりつつあるともきくが

胚乳の注ぐ乳から香りたち美しい果(み)になればいいがと
思ふうちその考へも荒苞に包まれて軽くどこかへ去つた[24]

注　「新潮45」の特集に加はることをすすめられたのだ。

飛び上がるため
に、宙に浮いて
いる方の左足で
踏み込むことも
つま先に力を入
れる必要もなく、

（同、52b［109頁］）

これは鳥だらうかそれともわたくしの今の生き方への示唆なのか[25]
たしかに今日夕ぐれの明治神宮の菖蒲を見むと行くのであるが
それはまた次の跳躍のためなのか　吾妻(あづま)と共に行くのであるが
宙に浮く左の足の踏み込みも爪先で力むこともいらない
たんたんと原宿で降り参道の玉を踏みゆけば　泉があらう
むらさきに白に咲いたる菖蒲には大きな亀も浮くことだらう

わたしらは菖蒲を見たあとパーティーに加はるだらう浅く寂かに[26]

## 6　アガパンサスの咲く朝の注解（六月十九日）

六月十九日朝七時半

アガパンサスが咲き初めて花茎が折られてる道に添つて、ポストまで歩く朝

ただ、伸びてゆくときの成長速度の違いや、局所的な細胞の膨圧変化が、これらの開閉運動や急激な収縮、温度の上昇や、上身を軽度に傾けるといった応答を呼び起こすのであって、それ以外の可能性は存在しえない。

（同、13b［31頁］）

関口涼子が感受し分析する植物と空間がどんなに特殊かが　アガパンサスの花を見てもまた昨日夕ぐれに逢つた神宮菖蒲園の直立する菖蒲を見ても想はれることだつた[27]

遠くまるで田に植ゑられた稲のやうにぼんやりとかすむ菖蒲園の花菖蒲から「局所的な細胞の膨圧変化」などとても思ひ浮かばなかつたし　俳句で「花菖蒲たゞしく水にうつりけり」（久保田万太郎）では水田に映るその姿の「正しさ」が讃められ「花菖蒲夜は翼のやはらかし」（森澄雄）へ来て　初めて赤紫いろの大型の花弁が鳥の翼を連想させるだけでその空間とのかかはりが説かれることもない。

花菖蒲の夜の夕食の席はMS夫妻、MY母娘と共にして遠近の過去の闇から成瀬君や秋山君の顔を引つぱつて来て話し　恵里子は寡黙なぼくの代りに同席の人らに話しかけてくれた　これらの旧い知人たち歌人たちの間に咲く話の方が花菖蒲のたたずまひよりもわたしにたくさんの詩想を思ひ浮かばせたのかもしれない。

六月十九日朝（つづき）

## 6の2　暗喩めく短章について（六月十九日つづき）

このあたりからであらうか短章が暗喩めいて読めてくるのは
「放散」をして「いつたか」といふのだから鳥だらうしかし
すべてなにものとも知れぬ（種子(たね)かしら）（鳥かしら）そこに散るのは[28]

「すでに」とは時間の指定語。何人の死者の噂を昨夜もしたが[29]
「さまざまな場所」とはこれは空間の位置の指定だ[30]
たとへば、さ、向かひに母娘、隣席にM夫妻わが夫婦と並ぶ

すでに、さま
ざまな場所で
は、それらが
どれだけ多く
の方向に放散
していったか、

（同、57b［119頁］）

「多くの方向に」散つたのは感情の飛沫だつたといへばいへるし[31]
「……いつたか、」とは詠嘆の口調ともとれるかもしれないと思へばこれは
関口さん流の抒情が硬質の口調の底にあつたのだ、とも
いへなくはないと思つて次頁へ次々頁へと眼を走らせた

## 7　メッツガーなど読みつつ出かけた朝

六月二十日朝八時半　出かける前

思ひ乱れた末に逢ひたる花にして時間の中に息ひそめ咲く

三つの円と見るか。ゲシュタルトの花。円弧だけでつながると読むこともあり二箇の種子（網かけ部分）内に胎むとも読める。

（メッツガー『視覚の法則』を読んでゐる）

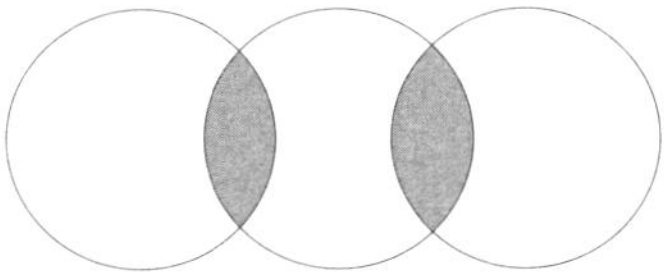

左手だけで
あやうくも
繋がれまた
摑まりもし、

（同、67b［139頁］）

## 8　関口涼子さんの若き日の詩

六月二十一日

## ソネット（その二）[32]

ぢやちよつと行つてくるわねと
妻は認知症の母の所へ降りてゆく
デイサービスへ送り出すための　月水金の朝
わたしは朝の100％果汁をゆつくりと咽喉へ流し込んで書き始める

毎日　たく山の本をくくつて捨(しゃ)
かれら書物との間を断つことができるのは
かれらとつき合ふ時間と必要がなくなつたからである

悲しみがあるとすれば　本との別れのためではなく
かれらを必要としなくなつた老いの日常が
かすかなかなしみを曳いて消えるからだ

では今読んでゐる『熱帯植物園』は本ではないのか
『本を読む本』の著者アドラーとドーレンのいふ「分析読書」の対象ではあるが
それはふつう本と呼ぶものとは違ふなにかだ

生活に喰ひ込んで離れない植物の蔓のやうにからむ緑とそこに咲く花(33)(34)

昨日来た四つの詩集きらめいて　若い関口涼子を伝ふ。

『(com) position』は1986－1992だから十六歳から二十二歳「満足、不」といふ38頁を分析してみる。

「ゆっくりとふりかえるひと
のめにとびこんでゆきたいのはむしろこころなのだけど
なぜか（自身、）わたしじしんではない、わたしじしんの
ひとみがすばやくはんのうする、とき（そのとき）
わたしのひとみはおおきく
いつもじしんでみちたりていてなみうって、ゆたかにながれているの」

などと書いてある。愛の情景としてはわかりやすいのだが平がな表記にこだはるのは昔からなのだ。

「(自身、)」だけが漢字だ。

「ひとみ」は球として捉へられ（軸をもつて回りあふ二つの球）といふ意識は愛といふより愛を横から眺めてゐる第三の瞳の意識だ。

「わたしの
めのなかの

あのひとのひとみのなかのわたしの
　ひとみとあのひとのひとみ」
といふ一節は「ふたつのきょり」二人の距離を告げながら、それを「ほし」と「ほし」の
距離に比喩しながら近づかないもどかしさを伝へてゐると分析してもいいのだらうか。

六月二十二日朝八時－九時

## 9『(com) position』を読む

朝経を誦む。それに似てしかし異(こと)なる行(ぎやう)だ。朝の詩を書く[35]
台風のすぎたる朝の蒼空と白き雲。そは地(ち)と文字に似る
『(com) position』の46－47頁「経過（tapestry）」を読む。珍らしく主体が行動する詩だ。

　地に足がついていない、または
かった。三階で、二十人前後の
仲間達と一緒に筆を走らせてい
た私の手が遂に止まった。どん

なものとも確実に接着し得ない
この球の他にもまだ白くぼやけ
るものがあるのだ、とわかった
からであった。……

注1　「いない、または／かった」といふ叙法はあとにも出てくる。オヤッと思はせる。
注2　1行14字だがつづいていくので行数には気をやらない。

主体は「ここ（三階で、二十人前後の仲間達と……）」から逃げださなければと思つたのだ。80頁には、数字が並んで曲線を描く詩があり、アポリネールなんかから新国誠一の具体詩まで思ひ出させたが、「タペストリー」も48‐49頁ではそのなぞりみたいにも見えるが57頁まで読み了へて「私がめざしている／のは場所ではなく／人だ。ひと?・その／ひと、そう、あの／ひとが白くぼやけ／てわからない。」まで来ると愛の模索の詩になつて来る。わかりやすいがどこかもの足りない。『熱帯植物園』の抒情拒否がなつかしくなつた。つまりこの女人は『(com)position』から八年をへて『熱帯植物園』へと大きく変つたのだ。

かつて一度名を
呼ばれたものが、

時間と距離を置
き、今になって
ひとつの蒸気体
としてここに現
れることもあり、

（『熱帯植物園』、63b［131頁］）

「かつて一度名を呼ばれ」たる父の名がいまよみがへる母より先に[36]
その姉が苦境に立つてもがく声電話をつたひくるその話[37]
しかしふかく妻との会話を貫いてその姉その母白くもやへる

わたしは、「あんたなんかパパそっくりと言う台詞姉妹喧嘩の最終兵器」（種谷良二）を父の日の歌として選ばうとしてゐた。これは父の歌といふより「パパ」の歌だ。これと「父ほどの男に逢はず漆の実」（遠山陽子、『21世紀俳句時評』筑紫磐井）を合はせる。実に俳句は寡黙。これはおそらく長く生きた娘の側からの父讃歌でもあり世の男どもへの批評でもあるがそれと「漆の実」とはうーんと離れたものをはげしくぶつける俳句の手法。漆の実を見たことのないわたしにはわからぬが漆芸の材料をとる黄褐色の目立たぬしかし堅実な実を父になぞらへる気持はよくわかる。これに比べると詩も歌も説明の多さ饒舌を感ずる。そこに音数律の力がかかはる。朔太郎の『詩の原理』がいふ通り日本語の力は五・七・五や五・七・五・七・七や五七調や七五調の音の数が生むリズム（韻律）を外にしては語られない。

朔太郎にせよ口惜しがりながらそれを黙認しそれでゐて定型詩音数律詩は書いてゐない。

「父ほどの男に逢はず」と「漆の実」を強く接着するのは五・七・五の音数律に外ならない。

もちろん関口涼子は音数律を度外視してゐる。それは現代詩の長い歴史の反定型詩風を踏襲してゐるともいへるし日本語の生理に逆らつてゐるともいへる。それが定域詩つまり視覚詩的要素の強調へとつながつてゐる。(38) ひびきとかたち。この二つの要素の詩の中での内戦！

六月二十二日午前八時

## 10 四元康祐の詩と併せ読む

この仕事に平行して今一つ書いてゐる四元康祐の『日本語の虜囚』論
そのために右側に重ねられてゐる関連書の中から
『対詩　詩と生活』（二〇〇五年）小池昌代／四元康祐を開いた朝だつた
小池さんの「森を横切って」が序章みたいなのだ
その中にシンボルスカの「書く歓び」といふ詩が
四元康祐訳で出てくる

「書かれた鹿はなぜ書かれた森を飛び跳ねてゆくのか」から始まる
この詩は「書く」といふ行為に深い詩的考察をほどこしてゐる
これを読んでからもう一度「森を横切って」を見ると
小池・四元両氏の「対詩」の前哨戦として読めるが
その中に「これがぼくの娘、こっちは息子」と四元さんが家族写真を使つて小池さんに紹介するところがあり、わたしの知らない四元さんの妻の肖像「彼女はピアノを弾くんだけど、特にバッハを、憑かれたように弾いているときなんか、ぞっとして、すこし、おそろしくなる。ああ　このひとは、いつか行ってしまうのではないかってね[39]」のところが衝撃的だつた。『日本語の虜囚』に出てくる四元さん一家の多言語的家族の描写より奥深かつたので。といつて「対詩」は二〇〇三年末に始まる連載だし『日本語の虜囚』は二〇一二年刊だから娘息子妻皆歳をとつてゐるのである。
鮎川信夫賞の授賞式のとき会つたらもう二人の子供はドイツで独立し（言語的にも生活的にも）今はミュンヘン定住を決めて夫妻だけの生活だときいた
（この分では関口涼子論に今朝は到達しないやうだが）
「書く歓び」は四元訳を読んでから「工藤幸雄試訳」（「るしおる」29号、一九九六年）で読み直したりしてわざと手間どつてゐるのは
『グラナダ詩編』（二〇〇七年）の後記
「スペインはアンダルシア地方、グラナダで夏を過ごすようになって今年で四年目になり

ます。」「引用という他者への関心から『二つの市場、ふたたび』を書き、自然という他者への気がかりから『熱帯植物園』を書きました。「蒸気の観察」「グラナダ詩編」は、言ってみれば、行ってしまった人たちという他者となんとか取り組もうとしているように自分では思えます」といふ関口さんの自己解説を読んで　詩の短歌化に再び興味を持ち始めたころ　睡魔がおそつて来た。

（六月二十二日午前十時）

## 11『二つの市場、ふたたび』の一章

六月二十三日

韻を踏んでいるのかも知れない、レトリックが象眼のようにはめ込まれているのかも知れない、それらの言葉を聞く度に、私はこっそりと答えた。そう、でも私は、あなたの考えている地理からずっと遠いところに行くだろう。私たちは。

（『二つの市場、ふたたび』、39頁）

めがね二つを掛け変へながら居間と寝室を行き来す詩を読む為に
昼食のための買物に出かけたる妻の帰りを待ちわびる　雀[40]

うつすらと汗の覆へる半身は半そでのシャツ。詩人はどうだ？
ウィーンの世紀末かのホーフマンスタールは何着けて書いたか
三韻詩（テルツィーネ）、たしかに韻をふんだ詩だしかし日本語には移せない
それは、だが、「地理」の差なのか母国語の違ひと固く思つて来たが
韻もまた定型のやうに言の葉を〈象眼（はめこ）〉むといふ装置だらうか
だとすれば負のレトリックにすぎないが、彼はさうとは思はなかつた

関口涼子『熱帯植物園』の六十九ブロックの

その気孔が
わたしたち
には読むこ
とのできな
い形を取り、

（『熱帯植物園』、69b［143頁］）

の長方形をとらうとするとき単語がそれに「象眼（はめこ）」まれるために選ばれ、はげしい頭の中の作業によつて並べられる筈で、つまり長方形のしばりは語をみがき上げるやうに働く。われわれの定型詩の音数のきまりの果たす役目と同じだ。ホーフマンスタールのテル

ツィーネの複雑な韻の作用も同じはたらきをしてをりホーフマンスタールはそれを知つて悦んでゐたのであつたらう[41]。

（午後二時四十五分）

妻がいま帰つて来たその音がする。午後はこれから深まるだらう

ヨーヨーマのバッハ無伴奏組曲が昼食に添ふ　午後のはじまり[42]

## 12　都議選の終つた翌る日、「市場」にて

六月二十四日朝八時－十時

『二つの市場、ふたたび』は市場（いちば）の話のやうでもあり、言葉が人のやうにあつまる書物といふ市場の話のやうでもあるが。

ある時朝食のために買ったゆで卵は割ってみたら生卵で、すっかり用意のできていたナンの上を無情にも流れ、せっかくさわやかな胡桃とできたばかりのチーズ、ミントをのせて食べようとしていたのに無駄になってしまった。文句を言うと答が返ってきて、今まで知らなかった

とは、この市場は東を向いて建設されているばかりではない、息苦しい言葉ばかりを発音する実際の生き物たちがちまちまと集まっては住んでいる河口に向いた門もあり、その扉が開かれる曜日には決まって、すべてのもの、焼かれた物編まれた物柔らかな声で語られた物躊躇された物山の水で蒸し上げられた物逡巡の末ゆっくりとピンで留められた物「でも」で始まった物ゆでられた物、は生のままに留まるという現象が現れるのだから。

(『二つの市場、ふたたび』、67‐68頁)

この詩集の中でも珍らしい一章で朝市に出かけてパンを買ひ朝食をつくる女人の市場との関はりが出てゐる。河口に向いた門が開けられる曜日にはすべての物が「生のままに留まる」といふ謎めいた市場の性格が述べられてゐて「市場」はやはり女人に近い場所で男は女人が買つて来た「物」を生(なま)なら生でゆでられてあればゆでられたままで食べて朝の仕事へ向かふので「市場」といふ場所はすぐれて女人的な場なのだらうと思へて来た。

都議選の明けたあくる日　一日市(ひといち)*を思ふ岡井家の墓のある町

*岡山県東部吉井川沿ひの町

一日（ついたち）に市（いち）が立つ故一日市といふにやあらむ川沿ひの町
いま竹になべて覆はれ墓石はみえずなりしを思ふことあり[43]
市が立ち物たづさへて人が寄りそこには神も立ち寄りしとぞ[44]
マーケットとよばれて日毎深夜まで開かれてあるあれも「市場」か
マーケットに深夜あつまる人の中老若の男の子ふゆるこのごろ

## 13 『機』を読みながらの回想

六月二十五日（火）正午　以下は『機』を読みつつ雑談風おしやべり

『機（はた）――ともに震える言葉』（関口涼子／吉増剛造）を読みながら、これが二〇〇二年から二〇〇五年六月までの対談だつたことに驚いた。二〇〇二年といへばわたしは五月から六月にイタリア北部を旅し十月から十一月には「わが心の旅」（NHK・BS）へ出演するためウィーンからミュンヘンへ二週間の旅をした年だ。[45] 二〇〇一年秋の九・一一テロルの発生と共にそのあと『テロリズム以後の感想／草の雨』に含まれる歌を作りつづけてゐた。

二〇〇二年五月四日、わたしもそこで上野千鶴子さんと対談したことがあるのでよく知つてゐる池袋ジュンク堂で〃巴里詩壇に彗星のごとくデビューされた〃関口涼子さんは吉増剛造さんと対談されたといふのだ。わたしは吉増さんの詩人としての足跡は少し追つてみたことがあつたので『ごろごろ』が話題になつてもさううろたへることはないが関口さんのことは全く知らなかつたのだ。

そして二〇〇五年といふとわたしは七十七歳いはゆる喜寿で賃貸マンションからここ武蔵野市緑町の分譲マンションを買つて移転した（四月）年であり、関口さん風にいへば近くの市場（マーケット）も変つてしまつた。一月に読売文学賞（詩歌部門）を受賞し秋十一月には静岡連詩（大岡信氏捌き）に初めて参加して大岡氏・谷川俊太郎氏と連詩を巻いた（あと二人は平田俊子さんと慶大出の詩人井上輝夫氏）。わたしの年齢も高齢であるが、前年は友人の島田修二、春日井建が死去しまた此の年六月には塚本邦雄が逝き翌二〇〇六年には山中智恵子、近藤芳美、秋山実（編集者）が逝去しこれらの人たちの葬儀等で多忙だつた。

関口さんがパリ詩壇にデビューする時にわたしは日本詩歌壇から沈んで行くべき年齢なのであつたが、不思議に二〇〇六年から詩集『限られた時のための四十四の機会詩　他』を書き始め、この本を二〇〇八年八十歳のときに出版、以後（なんだか妙なのだが）何度目かの再出発をしてゐる。[46]

『機』には吉増さんが斎藤茂吉や与謝野晶子の短歌を、関口さんの詩に合はせてをられる様子もちらちら見当るので、（わたしは今この本を瞥見（しのびよみ）してゐるだけだから、そしてかういふ忍び読みちらちら覗き読みするのも読書の大事な方法だと判つてゐるのであるが）[47]終りの方では『熱帯植物園』がとり上げられてをりわたしが分析読書した行文も出て来るやうだ。

思へば吉増さんも一貫して活字の配列など「視覚詩」の実践者である、と同時に、一九九七年秋初めて武蔵大学の白雉祭でご一しよしてその朗読術のすばらしさを知つてゐるから思ふのだが詩の「視覚化」と「音声化」の両面のつながりといふのはどういふことになるのだろうか。

遠雷の音がしてゐる雨もこの武蔵野の屋根をぬらし始めぬ
次男から会ひたいといふFAXが。（会ふことにした）響くいかづち

一冊の本をただ一
度読むようにする
のか、同じテクス
トを幾度も読みな
おすのか、違うテ
クストなのか、わ
たしたちの手に渡
されたのはこの、

（『グラナダ詩編』90頁）

右の詩章の終り方は西欧伝統レトリックにいふ黙説、レティサンス又はアポサイオピーシス（佐藤信夫『レトリック認識』）であらうか。つまり「言ひさしてわざと口をつぐむ」レト

リックである。思へば関口さんの詩章にはこのレティサンスが多用されてゐた。一冊の本を幾度も読むことはたとへばわたしはホーフマンスタールの『痴人と死と』（森鷗外訳）でも味はつたが読む度に「違うテクスト」になる部分があり、[48] 繰り返し読むときに常に精読する場合もあるが多くは部分読みになる。「わたしたちの手に渡されたのはこの、」といふのは8×8の矩型の最終行で「、」で終つてゐる形から見ると「言ひさして黙つた」といふよりも、場所の制約で止むなく黙らせたのであつて作者の気持ではこの後に長く書いてゐるのに形式の力でちぎられてしまつたので読者に思はせぶりな「……」の符号をここに付けるつもりなど関口さんにはなかつたやうに思へる。[49]

修辞学者フォンタニエは「《黙説＝レティサンス》は《文の流れの途中でとつぜん中断し、立ちどまることによって成立する。その目的は、それまでに述べたわずかなことにもとづき、また周囲の事態をたよりにして、その先はもう述べる気がないというふりをしている当のことがらをじつは相手に理解させようとする、いや、はるかにそれ以上のことまで理解してもらおうとするところにある。[50]》」と言つてゐるさうだが、どうも関口さんのはレティサンスとは違ふやうに思へる。[51]

雨だれがベランダを濡らしつつありて午後の予定がさへぎられゆく[52]
まるでレティサンスのやうに一日（いちにち）の業（わざ）の中断　正午をすぎて

（午後一時半）

## 14
## 『カシオペア・ペカ』が届いた日のうた

六月二十六日朝十時

樋口覚(さとる)の書(ふみ)を読みつつ眠りたる一夜は明けて　細き雨降る
関口さんヴィラ・メディチ賞受賞との嬉しき知らせ来たると、昨日
結社「未来」を法人化する会議から帰つて来たら来てゐたＦＡＸ[53][54]
心より祝ふと共にローマ滞在一年といふ賞をうらやむ[55]
『カシオペア・ペカ』が届きぬ開き見て思はず〈ウッ〉と声つまらせる
カシオペアは秋の星座の名でいいのか　ペカとはなにか辞書にはないが
カシオペアのＷを求め北極星さがしたなんてむかしのむかし
おそらくはこの詩集の出た二十年前に読み解いた人はあるまい
この書名はわたしの知識の外にある名より本文を読む外はない
雨の中ダ・ヴィンチを観に行くと、妻。わたしは税を払ひに行かう

## 15
## 『熱帯植物園』ふたたび

六月二十七日朝八時

垂直に白い板が立つてゐる
その中央あたりに煉瓦でできた活字のブロックが突き出してゐる
ブロックの大きさはまちまち　形は矩形で厚味がある[56]
『熱帯植物園』を縦に立てたところを想像すると　さうなる

「私の現代詩入門」を二〇〇五年十一月号現代詩手帖に書いたとき
新書判大の『岡井隆の現代詩入門』でいへば六頁分　『熱帯植物園』にふれ書いた
三年前のことだ
「各頁が横19センチ×縦15センチ（に近い）と測られるとすれば、一行15字×14行という、第一頁の詩は、6センチ×4.5センチの矩形を形作っている。それが頁の右よりにかたよせて刷られている。」
と書いたが　それを立体化してみれば先に書いたやうになる

書きながら絶えず鼻かむ　透明な鼻汁が流れ止まぬ朝(あした)に
どうしてか朝はとりわけ水鼻が流れやまない床濡らすまでに
八十代に入るすこし前アトピーは悪化し鼻を荒らし続けた
フランスでは鼻孔を霊が通るたび鼻汁が出るといふらしいのだが[57]

植物のさまざまな学名と、それが背をもたせかけるものによって支えられている発音の連続体がある。左側でつなぐ構造が許すある一定の長さと、間違えば「それが含むもの」と呼ばれてしまうかもしれない事象、その細微な傾きを、荷重はかけないままこれ以上はない程明瞭に流れるようにしたいというこ とがひたすらに思われていた。態の区別がまず厳格に禁止され、三番目の方へと目を向ければすでにFの文字が現れてきていて、それを発音し私達もまたそうされた。

（『熱帯植物園』1b［7頁］）

今読んでも謎に満ちてる文体だ。「ひたすらに思われていた」とは何が？[58]
「態の区別」といふが辞書にある「すがた、かたち」でいいのかそれは（「ボイス（言）動詞の表す動作に主語がどう関するかを表現する文法形式。主語が動作の主体なら能動態、客体であれば受動態」と辞書にあるボイスのことらしいと今気付いた[59]。

Cycas circinalis
ソテツの学名

上記のやうなソテツの学名を見れば「左側でつなぐ」構造といふのが、Cとyとcとaとsのやうな一字一字のローマ字のつながりを指すことが判る。
Cは空虚とつながりyは左側でcとつながる。
学名のそつけなさをこのやうに表現するところからこの詩集は始まつてゐた。
それは関口さんが植物園に入つて一つ一つの植物の学名にまづ目をとめてそこから園をめぐりはじめたことを語る。ふつうは学名でなくソテツそのものに目をとめその大きさ色かたちを見るだらうにさうしないのだ　植物園が植物そのもののあつまりではなく人間がつけた学名のあつまりとして理解されてゐる！[60]
2bではよほど判りやすくなるが1bはいきなり異相で人を打つ
妻が起きて来た音がする曇りながら雨はふらない朝のしじまだ[61]
今日は侍従の人が来られる　年々の中元の時の賜品をもちて
やうやくに鼻汁はとまつたうつすらと汗をかきたる身体を残し[62]
（午前九時半）

# TRANS-NOTATION 1

関口涼子

(1) 岡井氏の導きで、こうしてもう何年も読み返すことのなかった自分の作品に「入る」ことをしている。その道行きを、Trans-notation と呼んでみたい。交差する・超えていく・横切っていく・何度でも行き交わす・お互いの・注。自分を起点として出てきた作品を読み、その作品を起点として注釈を施すという作業は、文学の中でどのような位置を占める行為として考えられるべきなのだろうか、それともただ得体の知れないやみくもな欲求の結果として、trans-notation というより他に呼びようのない行為なのだろうか。

(2) この連作のために岡井氏が取り上げた言葉が、「当初の道程に再び従おうと」、そしてそれに呼応する岡井氏の短歌、「はじめから予言してゐた道程があつたのか」から始まる、という、偶然の形を取った必然。「再び」ということが詩の中で持つ意味。初めての言葉と、再びの言葉、どちらが易しいのか

(3) 本当の鳥なのかそれは本当のテキストなのかそれは何が本当の詩で何が付随的なものとされるのか何が作品で何が注なのか。ずっと考えていた、詩のフォルムとは何かな

どという問題を超える、注釈は詩なのか、翻訳された詩は別の詩なのかという問いにいきなり直面しさらに実践を求められるテキストがありこの注釈は本当の何なのか

（4）わたしたちと親しくなる人たちにもっともかけがえのないものになってくるのが名であって、名を呼ぶだけで現れるもの、溢れるものさえあり、呼ばれた名に答える声がないことがそれ以上ない悲劇になることさえあるのに、実はわたしたちは名を知らない人たちにどれほど毎日のようにすれ違い、自らもまた名を知られない者として通りを歩き視線を交わしさえしているのか、名を知らぬ鳥や草はもとより、

（5）そう、そのようにしてなきさやぎつつ去っていったものが実際にも鳥であったことに、先週、今年もまた訪れたグラナダであさはかにもやっと気がついたのだった。日の光と、植物の生、ふたつの強度に人の生もかすみがちになる点で結ばれた土地、リスボンの熱帯植物園、そして、グラナダにある、ヒターノ（ジプシー）の地区サクロモンテ、地中海を隔てた向こうの首都チュニスでは少し早めに夕刻の五時頃、驟雨の訪れを思わせるほど空を曇らせ鳥の群れは青にまるやかな文様を描いてなきさやいでいたのだったが、今年、夕涼みに出たグラナダの街路には、夜九時を過ぎても鳥のざわめきを聞くことはなく、ただ人だけが、呆然と取り残され、間が抜けたように鳥なしのそぞろ歩きをする他はなかった。鳥たちはとうにわたしたちの世界からは消え、ただ文字に書き残された鳥だけが、その行を読むたび、何度でもなきさやぎつつさっていく、わたしたちのめぐりからなきさやぎつつさっていったのだ、無名で、

（6）この歌から思い浮かばれたのはなぜか八メートルの高さの上方だけに、背中をのけぞらせるように見上げてはるかに、雲のように白く点々と咲く花の姿だった。緑の蔦は延々と這い上り、盛り上がるような葉をひたすらつけ、そのただ上の方だけに、花が咲いている。詞書の中には「霞むほど咲く」とあったのを読み落としてしまったのか、注釈を書き記そうと読み返して初めてこの花が「霞むほど咲」いていることに思い至ったのだった。注を付けるという行為がなかったら読み過ごしていたかも知れない、階段を一段飛ばしてしまうようなそのような粗忽な読み方をおそらく普段からしているのだろうと思いつつ、しかし見上げてしまった首をそのまま戻すことは出来なかった。おそらく、鳥を探す目が上を向いていたために、鳥だけが訪ねることの出来る高さだけに花をつけてしまったのだ。読み返し、見過ごしていたものに気がついてなお、最初のイメージの強度に規定されてしまうものがあるのなら、「再び」読むことは何を変えてくれ得るのか。定家葛は、岡井氏の歌の中で、わたしにとっては空を見上げるのと同義に近い、八メートルの高さで白い点を打ったように咲き続けている。

（7）記憶に咲くものを書くことが詩であるとしたら、記憶に咲くものただそれだけを書くことが詩であるとしたら、谺のように

（8）植物の学名において、「インド」や「エルサレム」といった地名を有する植物はそれが漠然と東から来ることを意味しているとどこかで読んだ。見上げるほど高く、テイカカズラの花、聞くだけで遠さを表していたインドやエルサレム、聞くだけで遠く、

東

（9）ラッセルの書は西からキョウチクトウは東から

（10）学名の多くは、それぞれの植物の特徴を描写しそのことによってそれを他の植物から区別するという機能において、やがて持つかもしれない美質に賭け、未来（avenir）へ投企する人の名とは異なっている。植物には個体名を付ける習慣がないからなのか

（11）そう書いて、カリフォルニアのサウサリートにある自分の庭園に植えた果樹一本一本に名前を付けたと語ってくれたレバノン人の女性彫刻家のことを思い出した。その話に目を開かされ、大変感銘したのを覚えているのだが、どんな名前だったのかは「もう」忘れてしまった。もう忘れてしまうことばかりなのだ。ただ覚えているのは、それらの名前がすべて女性の名だったことだけで、

（12）「また入る」という行為。再び、同じ姿勢を取り、同じ仕草をする、そのことが詩なのではと思う気持ちが強くなっていった。書かれたものに寄り添い、その声をまねぶこと。文を真似る（振り）は出来ても、声を真似ることはできない、その不可能な行為を試みようとする口の開き、鳥の嘴の鋭角にも似たその形それ自体が詩なのではないか。また、再び。詩を読み直し、その度に言葉がわたしたちの前に真似ることの不可能な声をあらわす。読み直すその僅かな瞬間だけの、あまりにもはかないその姿、亡くなった人であれば触れるいとまも与えられないほどの短い瞬間、その瞬間を繰り返すためにわたしたちは読み直し続け詩は消えるために現れ続ける。

（13）見えるのは「入りゆきぬ」岡井氏の後ろ姿かむしろ指の動きか、実際の岡井さんの指がどんな風であったか覚えていないのに、なぜか少しまるみがかった輪郭の懐かしい指が紙を繰る仕草が見えている

（14）下降したあとで上昇する、鳥のように、テイカカズラのように、いなくなったアマツバメのように、いなくなったものたちがチュニスに、グラナダに、リスボンまたは多くの都市に描く鋭い線のように、数え切れない線、ライン（行）のように

（15）ただ人の生が植物の生のようであってくれたのなら亡霊は必要なく最終行もまた必要とはされなかっただろう詩が植物の生のようであってくれるために必要なのは読み直されること、最終行が第一行目と繋がれ円環をなすこと、何度でも、何度でも読まれることとそれとも幾度でも注釈を付けられることかその注釈にさらに付く言葉の生は

（16）短歌化を音楽における編曲だとみなすならば、短歌の詩化も小説の詩化も考えられる。俳句の詩化はどうだろう、少し難しいように思われるがそれはどこかで接ぎ木する作業が欠かせないように感じられるからなのか。以前から、prosimètre（韻文と散文が交互に書かれるテキスト）を試みてみたいとは思っていたが、その場合の韻文部分と散文部分を入れ替えて対になるあわせ鏡のテキストが作れるかも知れないと、頭でだけは色々考えたりもしてみて

（17）属名と俗名、どちらが本当の詩なのですかとこの行に問われ

（18）conversion ? Trans...trans...quoi ? 転移という言葉のここでの特異さに足を留まらせ、

どのような訳がこの短歌にあり得るか、言葉の周りを巡っている。conversion は「改宗」の意味でも使う言葉、信じる（肉厚の葉の形に託す）ものが変わるときにテキストも転移するのか、それとも、移る、という意味で、trans- なんとか、という単語を見つけるのがふさわしいのか、またもやテキストの内部にも trans

（19）Jusqu'ici la floraison sur toutes les pages mais désormais on n'entendait que les cris d'oiseaux と訳されるのだろうか。それを再び訳すと「ここまではどの頁にも花と咲きここからは鳥の声の他は聞こえず」と、なぜか「頁」が現れてくる。花の咲く土地を規定する必要があるかのように。「頁」をフランス語から消すことは可能か。Jusqu'ici la floraison, と書くと「花の咲く」のが抽象的な「開花」になってしまい、花が見えない。花が現れるために「頁」が求められている、ようにわたしには感じられる。

（20）岡井さん、と、歌人のテキストではなく歌人自身に直接（文字で）語りかけたい衝動を抑えることが難しい。おそらく抒情が溢れすぎるための抑制なのですおそらく文字の「背中」に貼られているようにその「音」（Lyre、抒情（リリスム）、リラの音の）が流れてしまわないように、葬列で無表情を装い冷酷なむすめよと指をさされてきた詩人であったのだろうと思います。目に見える抒情は手に取ってつまびくことの可能な楽器、しかしリラの音は本当はもっとおそろしい権限を持っているとわたしには思われるのです。

（21）「攻撃的」という表現の鋭く正しい感覚から思い出されること。

『イリアス』では、琴は琴ではない。それはまだ弓である。そして音楽家はまだ

〈夜〉だ、脅える闇の聴覚だ。（中略）弓は遠く離れた死だ。もっと正確にいえば、声と同じように見えない死だ。声帯、琴線、弓弦は、同じ一本の弦だ。離れて殺す音を放つ死んだ獣の腸あるいは筋だ。弓弦は最初の歌だ。ホメロスが「さながら燕の声のよう」となぞらえる歌だ。弦楽器の弦は、死の琴の弦だ。竪琴（リラ）にしろキタラにしろ、それは神に向かって歌を放つ（矢は獣に向けられる）いにしえの弓だ。（中略）音、言語は耳に聞こえるが、手で触れることも、目で見ることもできない。歌が心に触れるとき、1．それは貫通し、2．殺す。」（『音楽への憎しみ』パスカル・キニャール著、高橋啓訳、青土社）。

(22) 直喩と取って書かれた以下の短歌、もしも祈願法（optatif）と考えればどのように読まれることになっていくのだろう、ここでは一首目と二首目が左手で強く繋がれているのでそう読むことは難しいのかもしれないが、一首目を「憲法に寄せる思ひ」の内容と読むことも出来、そうすると持ち去られるもの、運ばれるものの間で考えは複雑に絡み合い

(23) 藁苞と考えればこの歌には軽く叩（tapoter）くようなT音が続くことになるが、「ほう」と読まれることもあり（植物用語。花や花序の基部にあって、つぼみを包んでいた葉（と常に過去形で書かれてしまうのはなぜ））、するとおそらく歌人の意図とは関わりなく「けんぽう」に音から近づく葉になるのか（苞は花と間違えられることもある、たとえばドクダミなどは花びらのような白い部分がほう、つと、）

（24）鳥だけではなく考えも連歌の最後には去るのだった、それだけではなくここではすでに第一首から「運び去られ」ている、歌に入っていく第一行目ですでに立ち去ることの例外的な事態、二首目でもまた、持ち去られることを繰り返すことで成り立つ歌の群れ

（25）「鳥だらうか」という問い。その少し前には、「しかし本当の鳥なのかそれは」、とあった。後には「(鳥かしら)」、と。この作品における岡井さんの短歌での鳥のあらわれが常に問いとともにあるのは、抒情そのものの意味を問うていることのパラフレーズ（もう一度、再び、文章（フレーズ）を編み直す）なのだろうか。燕のような声の。

（26）フランス語で、過去のものとなった人の生涯をたとえば辿るとき、それが未来形で語られることがあるのをいつも不思議に思っていた。まるでその人の生涯を一緒に辿るように。ここでの「加はるだらう」はふしぎに未来形を超えた感慨が聞こえて、自分をさらに時間が経ったところから見ているもう一つの目があるようだ。

（27）ここに現れる植物と空間が特殊であるとすれば、それはわたしに由来するのではなく、そもそもは彫刻家若林奮氏の書いた、自然の観察ノートに帰せられるものなのだ。『熱帯植物園』は若林氏のテキストを読み、その言葉に「添って」書かれたブロックの集積であり、その作業によって、彼のテキストが、そして若林氏自身が、またはわたしたち自身が、植物の生（一方通行ではなく、何度でも「再び」同じ芽や葉を出す、何度でも新しく生まれ直す）のその残映だけでも受け取ることが出来たら、と考えて

いたのだ。考えてみれば、この詩集を境に、わたしは人のテキストの傍に佇むことそれ自体を作品にし続けてきたのであって、岡井氏とのこの作業は、そのプロセスの最後に行き着くところ、注釈であることをもはや隠すこともせず、そしてその行為が果たして詩であり得るのかを最終的に自分に問おうと決めたものなのだと言えるだろう。

(28)何ものとも知れぬ、鳥。「さながら燕の声のよう」な竪琴(リラ)が鳴り響くのが抒情であるならば、「鳥」という単語が現れたとき、そこにはすでにその声を聞くわたしたちがいる。抒情を排した『熱帯植物園』の中でも鳥たち(アマツバメ!)がなきさやぎつつ去っていったことを、書き手の自分も気がつかずにいたことに戦慄する。書き手は何者でもなく、鳥のあらわれを阻止できないどころか、「頁」の上にそれを書き留めていながら今に至るまで意識することもなく、鳥たちがわたしたちを置き去りにし立ち去っていくことをどうすることも出来ない。呆然と立ち尽くす以外には。

(29)「すでに」が加えられた文章で起こったことを、わたしたちはどうすることも出来ない。でも、「すでに」が現在形に引き戻されることがあり、それが亡霊が訪れるときだ。「すでに」行ってしまった人たちが現在形にまで連れ戻されることをもって死者が現れるというのか、それとも、わたしたちの方が、過去形に限りなく寄り添おうと、後ろに何があるのか分からないままおそるおそる後ずさっていったときに、かつていなくなった人たちの姿が、列車がバックするときのように次第に後方から姿を現してくるのか。

（30）「さまざまな場所」とは単語に空間の位置の指定をすること
舞踏譜のように
言葉の起点と軌跡を空間に描くことそのものが
詩であってもよい
たとえば「珊瑚」をここに置き　その移動を観察する
珊瑚は植物か動物か　はたまた鉱物かという問いは
十八世紀からすでに生物学者の頭を悩ませてきた
とすればここで「珊瑚」という単語はどのように動くのか
今しがた見てきたばかりの不定形の生き物は　先端を発光させながら
その存在をたえず点滅させていたように思われるが　言葉なら

（31）観察者・注釈者のおそろしい指摘。詩はただ形式からしか読み、語ることが出来ないということがここで明らかにされてしまう。

（32）「妻は認知症の母の所へ降りてゆく」ところから始まるこのソネットでは書き手自身も「ゆつくりと咽喉へ流し込」む下方への動きから書くことが始められている。そこでは「断つ」ことが語られていると思いきや、実は全く反対の状況が現れることが最終行で分かる。妻を追って、自らが飲み下す「朝の100％果汁」は下へと流れていくが、身体は降りることが出来なかったのだ、なぜなら本でさえないものに絡め取られていたから

（33）毎回テキストに「また入りゆきぬ」歌人が、どうやってそこから「出て」くるのだろうということがおかしな位に気がかりになっていた。まるで、気をとめずにいれば、テキストからそのまま出てこなくなってしまうかのように。実際は岡井氏はいとも軽々とそこから出ているようで（または全く出ていないのかも知れない、テキストからテキストへと渡りを続けているのかも知れない）、時には出口の印を見せずにそっと次へと繋いでいくことがあった。かろうじて出口の指標が見えるのは特にご自身の詩で終わるとき、たとえば1は

無名でも鳥は女人のめぐりから鳴き騒（さや）ぎつつ去つてつたのだ

という歌をもって立ち去り、3では

ときに敷居をこえて歩行しパン屑をつまむ

鳥の歩みがテキストに出口の穴を開け、5では

わたしらは菖蒲を見たあとパーティーに加はるだらう浅く寂かに

という予感が未来形をとり、分析する現在から歩を進める。しかしここで歌人は「喰ひ込んで離れない」緑に絡まれている。テキストに絡まれ、そこに花さえ咲くとき、書き手はそのあとどのようにテキストを押していくことが出来るのか。押す、のではなく、テイカカズラのように上へと蔓を這わせるのか、または他のテキストに絡まれ、鳥でいることを辞め（どちらにしてもわたしたちが鳥でいられたことはついぞなかった）、植物のように同じ位置に居続けながらただ目だけを動かし、テキストからテキストへと渡っていくのか、それがこれらの行となって下から上へ、上方から下方へ、さらに他のテキストへと絡みついているのか

(34) 先のキニャールの本にあったくだり、しかし今は自宅にいないのでテキストを参照することが出来ない。確か彼は、作家が例外的なのは、聞きながら話すからだ、と書いていた。他の植物の蔓に絡まれながら自分もまた葉を広げて行くこと、知らぬ間に他のテキストに自分の蔓を絡ませもしながら

(35) 行を一瞬、ライン、詩行の意味に読んでしまい、読み返してなお空に屹立するものがあり

(36) かつて名を呼ばれたのは父か、自分か、父の名か、よみがえるのは父の名か、父の声か、母より先に

(37) 声が手を持って電話線を伝ってくるようだ、ロープや丸太を伝って川を渡る人のように、それ自身が独立した生き物であるかのごとく

(38)　ある文章がかたまりそれ以上の変更を拒むとき　新体操の着地の瞬間にも似て　形だけではなくおとにおいても　ふさわしいと感じられる要素が確かにあるのだけれど、それが音数律によるものでないとすればどこからくるのか　知らずに呼び込んでいたアマツバメのように日本語に由来する何かを取り込んでいるには違いないけど　では一体何　形は音に反するもの　それとも言語に内在する身体を別の形で取り込む水槽かしら

(39)　過去に書かれた音楽を現在に引き（弾き）出すとき現れる不穏な未来形が音波として時制を震わせる

(40)　燕の声が竪琴（リラ）ならば、雀のあらわれは抒情ではなくどんな詩をあらわしているのか

(41)　長方形は音数としては正方形をなし、故にただ4、9、16、25、36、49、64、81、100などの文字数の詩句だけが存在することが出来る。句読点や促音がある場合場所によっては一文字を為さないため（韻によっては読まれない音が出来るように）、これらの数字に一、二文字が足される場合もある。方眼紙に書かれる。

(42)　この行を読んでいるとき丁度、機内（フィンランド航空、パリ－ヌメア間）で音を遮断するために着けていたヘッドフォンからバッハのゴールドベルク変奏曲が流れてきた。パリ時間午後七時四十五分、乗り継ぎでのヘルシンキでは午後八時四十五分、今飛んでいる土地の時間は分からない、演奏者のデータも。何のはじまりなのか、テイカカヅラのフラッシュバック（まだ見てもいないのに）が残像のそのまた残像のようにス

クリーンの裏をかすめる、フランス語の「前未来」という時制を思い起こし、到着した土地で何が「未来において、完了したもの」として待ち受けられているのだろう、と

(43) 墓石の表面が見えないと、名を読み取ることが出来ない。そこに書かれている名を「すでに」一度見たことがない限りは。

(44) そこには言葉も、遠くから来た(インドから? エルサレムから?)言葉も立ち寄り、行くことが出来なかったヌメアの市場では、話されることが少なくなる一方という二十八のメラネシア系、ポリネシア系言語がなお立ち寄りしとぞ、神も、と思いたい

(45) 「さまざまな場所」に言葉を置いて詩が動き出すように、詩を書く者たちもまた動いていたのだった。『機』を書いた頃、剛造さんはリヨンやストラスブール、また韓国、北京から、わたしはグラナダやアフガニスタン、またシリアから(今はもう自分が赴くことの出来る「空間」でなくなった場所……)、それぞれ違う場所に渡る鳥がその軌跡をあとに残すようにして言葉を送りあっていたのだったが、その頃岡井氏がイタリア北部、ウィーン、ミュンヘンとその移動の線を描いていたことは知らなかった。世界地図上に、詩人の移動とそこから「鳴き騒ぎつつ」繰り出される言葉を書き出したらどんな図が出来るだろうか。フライトマップより軽々としていることは間違いないけれど

(46) 人間の身体が、ある意味では「再び」の禁じられた、植物の生とあまりにかけ離れた

ものだとするなら、書き手の生は、それが奇跡的であるとき、植物に限りなく似てくる、と、ずっと前から思っていた。書き手は、生気を取り戻すことも、若年でありかつ老成することも「再出発をする」ことも出来る。「何度目」でも。新たに出発し、読み返せる、作家の生。もしかしたらそのために作家という行為はこれほど多くの人たちの、書いたことのない人からさえの、羨望の対象となるのかも知れない、誰でも、読み直したいと思っているのだ、何度でも

(47) スライドショーのように、または残像のように、瞬きする間に姿を消してしまう鳥(紙で隠されたのか?)のように

(48) 読む度に形を変える、「違うテクスト」になる文章を、苞がするように含むテキストが詩と呼ばれると考えると、部分読みは、詩の読み方として最もふさわしい、少なくとも最も頻繁に行われている読み方なのかも知れない、イメージの細部を見直して飽きることがないように

(49) 「……」の細いチェーンは信用ならない、そのままいなくなるかもしれませんよと予告する薄情な符号だから

(50) 単語の亡霊を立ち上がらせる修辞か、亡霊製造器か、存在しない亡霊さえも綿飴のように(またはニッケルの針金細工のように)こさえあげるレティサンス

(51) 読点は左手ではなく右手で繋ぐ指の先、次のテキストに結ばれるほら、このように、

(52) そして今雨だれがヌメアのホテルのテラスを冬のスコールで激しく濡らしつつあり、

それでも渡りの途中にある者には予定を変えることは許されず（いや、変えても良いのだが変えたくない）、レンゾ・ピアノ設計の、カナック建築に想を得た空間、チバウ文化センターに向かう、滞在二日目

（53）メールで通信するようになって忘れているのが、それまでの通信手段はどれも、送信者の身体の一部を共に送っていたということだ。電話においては相手の声がわたしたちの鼓膜を響かせ、ＦＡＸでは手書きの文字が、あるときには写真よりも相手の輪郭をはっきりと浮かび上がらせる。今は携帯でも声ではなくテキストを送るようになり、身体がちぎれることがない。スカイプで相手の画像がスクリーンに映っても、そうして手を振り合ってもなぜか身体をつまんで相手に差し出していないような印象がある。機械も、機械としての身体の音を立てなくなった。ＦＡＸの届く音は生々しく、夜の三時に（時差を忘れて時々送られてくる便り）その音に飛び起きることもあった、メールではそれはない

（54）それは機械の立てる音か、ちぎれた身体が立てる音かそれとも遠くの場所にあぶり出される文字の立てる音か

（55）『機』が、自らが杼（シャトル）となることで言葉を紡ごうとするかのように、愚鈍なまでに「さまざまな場所」に自らを位置づけつつ書いていったとすれば、その後六、七年ほど、位置を変えずにいる年月があり、その間、言葉も「放散」されていなかった。岡井さんとのやりとりを願うようになった二年ほど前から再び渡りを始め、そうなると本も

フランス語で紡がれ始め、カンボジア、ギリシャ、ニューカレドニア、そして今年からはイタリア各地を渡ることとなった。岡井さんの『伊太利亜』がわたしにとっての「前未来」になっていたのか。身体が移動することと、自分が読み解けない言語に身をさらすこと、そして書くことの間には何か関係があるのでしょうか、そしてどんな関係が、岡井さん、

(56)岡井さん、と再び呼びかけたい気持ちが押し寄せる、この作品は連作なのだからそう呼びかけてもよいのだろうけど、すでに岡井氏がわたしの作品を読むことから始めている以上、さらに互いの対話の中で自分自身の作品を語るようだと自家中毒をおこしてしまうだろうとの懸念から、ここで直に声をかけることがためらわれていた。しかし二度、最初は、ブロックが視覚的効果ではなく「定型」として働いている、との指摘の部分、そして今回、このブロックの中で視覚（ヴィジョン）が二次元ではなく、本の中では「厚みがある」三次元のものとして機能しているという観察に、あっと声を上げそうになる、今まで日本語では誰にも指摘されたことがなかったので、そのようなイメージ自体が自分だけの特殊（または異様）な感覚であり、持つべきではないとさえ考えるようになっていたのだ。それだけに、ここでの岡井さんの「『熱帯植物園』を縦に立てたところを想像すると　さうなる」というせいせいとした断定文に打たれる。このテキストがそのように見えることが、かつての書き手の他にもあったということを知り、このテキストがわたしに由来するがもはやきっぱりとかつての書き手からは離れてい

ることが、この断定文によって明らかにされている。

(57) FAX受信機を文字が通るように？　いや、あまりにも奇妙なイメージか、でも口を通る息(プネウマ)が言葉を発するのだから鼻から言葉が出てきても良いのではないか、朝書かれる歌の中で、最終的に紙の上に載ることのなかった言葉の欠片が流動化して歌人の鼻孔を通っているのだろうか、床濡らすまでに

(58) 文章から人の気配を薄めること。幽霊化か。文章がそれ自体で動いているようにすることか。

(59) そして私の方は岡井氏を読みながら気づいた、日本語では態であるものが、確かに英語やフランス語では「声」であることに。能動態、受動態、と口にし、目にするとき、私の頭の中では、動詞が背をかがめたり、「受け身」になったりする姿が浮かんでいる。でもフランス語では身体は見えない、声だけが聞こえる、ラジオのように

(60) 今もまた、文字から入って、ソテツに近づいている、あと半日移動すれば、沖縄の人たちも多く渡ったというその島に、ソテツの大きさ、色かたちに前未来形で近づくだろう（正確に言うと、*Cycas Circinalis* はインド南部やアンティル諸島、インドネシアやフィリピンに生え、ソテツは *Cycas Revolta* で日本原産）、沖縄や九州からニッケル工場で働くため、十九世紀から二十世紀初頭何千人もの人々がニューカレドニアに渡っていたことを、前未来形が現在形となった昨日（だから今朝には過去形で語る）初めて知った、工場から逃げ、漁師となった人もいるという、第二次大戦中オーストラリアの強制収

容所に送られ、その後日本へ送還された人も多い、家族を残しながら、そのとき移動は耐え難いものとなる、悲劇の渡りが強制的に行われるのがわたしにとっての戦争の定義だ、羽をもがれるあり得ない渡り

（61）

「起きて来た音」が「妻」のものだとどうして分かるのだろう、と問えばなんと愚鈍な質問かと思われかねないのだが、常々思っていた、どうして、遠くで聞く、誰かがする仕草が立てる音が、その人のものだと分かるのだろう、と。六月二十三日、11の中で詠まれた歌にも、

妻がいま帰つて来たその音がする。午後はこれから深まるだらう

とあって、岡井氏の生活の空間、書斎の外からの物音がもう一人の人の存在のありかを伝えてくるのが分かる。目では見ていないが、FAXや電話のように、その人の立てる音が、身体的に歌人の耳に伝わり、その人と歌人を常に繋げている。

まだ十代の頃、両親の家にいたとき、二階の自室で本を読んでいても、上がってくるのが父親の足音か、母親のそれか、または弟のものか、考えるまでもなく「見るようにして」聞き取れていた。どうしてそれと分かるのか、「重い・軽い」や「ゆっくりとした」などの言葉では表現不可能な、しかし直ちに弁別可能な音、それを再現することが翻訳であると考えもし、「父の足音（レパドパパ）」、「レパドパパ」、と呪文のように唱え

もした。岡井さんがここで試みている「短歌化」は、「レパドパパ」ではないのだが、
そうだとしたら何の（仕草が立てる）音だろう。
（62）身体が残され、鳥は去り、土地は拒み、雨はふらず、身体は残り、

（構想七月十一日から、執筆七月十九日から八月七日、順不同）

# TRANS-NOTATION 2

関口涼子

八月二十六日

どのような形でわたしから岡井さんへの投げかけを始めたらいいのか、戸惑っている、躊躇っている、と書くことからしか始めることが出来ない。Trans-notation が notation を行う対象を必要とするからには、先にテキストがないときにどちらに歩いていけばいいか分からないのは当然でもあり、そこから始めなければならない場所でもある。だから、躊躇っている、と書くことからしか始められない、というより、そう書くことから始めるべきなのだろう。

テキストさえあれば。テキストがあれば、注解には、目を凝らし、耳をひたすらに傾けていきさえすれば、見えるものがある、と分かっている。しかし今回のように、自分から投げかけを行う場合、たとえ対象となるべきテキストを決めたとしても、そこには自分の意志が入っていて、notation するべき内容も、はっきりとではないけれど遠くに見えてしまっている場合もある。そもそも注釈は偶然に来るものではない、ということを考えれば、対象となるテキストを自分自身で選んでも、原則的には何の不都合もないのかもしれない。

実際に、今わたしの傍らには岡井さんの著作が何冊か置かれていて、それは、膨大な著作の中から、最初の投げかけとして関わりたいと選んだものでもある（『注解する者』『ネフスキイ』『E／T』、それぞれ異なった固有の理由から）。しかし、テキストが向こうからやってくる場合と違って、みずからがテキストを選んでいるとき、そこには多くの「自分」が入りすぎているように感じられる、のはなぜだろう。

前回分かったのは、たとえ自分のテキストが扱われていても、他者の手や読みを経たとき、それは開かれたものとしてもう一度自分の前に新しく現れることが出来るということだった。逆にいえば、他者のテキストであっても、注解するとき、そこには勿論自分の目や読みがすでに入り込んでいるということだ。

多くの詩人には分かりきったこと、当たり前であるかも知れないことにどうしてこれほどこだわっているか、どうしてこれほど同じ場所で足踏みを続けているかといえば、「テキストがない」ものの注解、「テキストではない」ものの注解はどのように行うことが出来るか、と考えているからだった。

### 八月二十七日

「テキストでない」ものの注解、とは何か。「テキストがない」なら、何があるのか。はるか太平洋の真ん中から持ち帰ってきたもののことが、片時も頭から離れなかったのだ。コノシロのこと。コノシロ？

岡井さんからの最初の投げかけに notation をしていたとき、わたしはスペインの旅行を経て、ニューカレドニアのヌメアで最初の notation を終えたところだった。そこで出会うことになった、日系二世の女性たちから聞いた話が心から離れず、それを書きつけることなしには、わたしの耳に入ってきた彼女たちの声は外に出ることがなく、声の流れとして完結しないような気がしていた。ハワイやブラジルの日系移民と比べると数も少なく、戦後も多くは自分たちのルーツを隠してひっそりと過ごしてきたために、証言が残されることが少なかったという。それらの声。出来る限り多くの労働者を船に乗せるため、家族を現地に同行することが許されなかったので、日本人一世はほとんどが単身でニューカレドニアにやってきた。ある者は独身、ある者はすでに妻子持ちだった。現地で新たに家族を作った者は、日本に戻らず、この島での生活を続けた。彼らは戦時中、さらに単身オーストラリアの収容所に送られたため、子供たちに日本語や日本文化を十分に伝えることが出来なかった。大黒柱を失い、財産を没収され取り残されたカナックの女性とその子供たちは、日本人の男性と結婚していた、または日本人の父を持ったという、ただその記憶だけに拠って自分たちを日系と規定することになる。

ポワンディミエ近くの「沖縄の家」で、三世の女性がわたしたちに語ったことが忘れられない。わたしたちは、日本語という遺産を受け継ぐこともなく、日本人としてのメンタリティーを受け継いでいるわけでもないのです。二世の世代は多くを語り継ぐことなく亡くなりつつあり、僅かに残された記憶も失われようとしている。自分たちの次世代は、自分たちが日系かどうかということを気に留めることもないでしょうし、そうして、「日系」という存在や意識自体も消えていくのでしょう。

そこには、自分たちの存在や歴史が近い将来のうちになくなるだろうという悲しい予感を抱きながら、それでもそれがあった痕跡は留めておきたいという、悲痛な感慨があった。まるで、絶滅に瀕している種、死語になりつつある言葉が自らをわたしたちの前で語っているように。

痛切な歴史により言葉自体が失われたとき、どのようにそこに注解をつけていけばいいのか。テキストはない。三世の人たちによる、ここ二十年ほどの努力により、日系人家族の歴史は少しずつ集まってきているが、それも、急流にながされる次々に失われつつある声と記憶の後をつっかけで追いかけ小さな網ですくうような、時間との勝負であるに違いない。

共同体が一定の人数を下回るとき、そこで語られ、受け継がれる記憶は圧倒的に少なくなるだろう。そのとき、テキストのない「この物語」を他に伝えようとするわたしたちはどのような形式を取るべきなのか。

注解とは水を注いで土をやはらかく解くことを言ふのでサンズイ篇が正しいのだ。

（『注解する者』二〇〇九年、思潮社）

に倣うならば、やはり、エッセイでも小説でもなく、注解という形で水を注いでいくのが最もふさわしいように思われる。寄り添い、耳を傾け、水を注ぐこと。そしてそれが詩の定義そのものである（とわたしには思われる）なら、もしわたしが、あの土地で聞いた声に水を注ぐことが出来れば、それはニューカレドニアを語る詩になれるだろう。そのための迂回、ではない足踏みのような歩み。そのための躊躇い。

**八月二十八日**

カーテンが風にふくらみまたなえて空気なまぬるき中に書きゐる

（『ネフスキイ』二〇〇八年、書肆山田）

Le Rideau qui, gonflé par le vent se détend de nouveau, dans l'air tiède je suis en train d'écrire

（風にふくらみまたなえるカーテン　なまぬるい空気の中　わたしは書いている）

短詩型を翻訳するとき不可避に現れてしまう「冗長さ」の問題を脇に置いても、この歌で最も気にかかっていたのはその「丸み」をどう訳すか、という点だった。原文において、前半「ふくらみ」の「らみ」あたりにしか現れない丸みは、なまぬるい空気と共に一気にその存在を表し、「ぬ」「る」「ゐ」「る」と、まるで今そこに書きつけられているのは、何か内容を持っている言葉ではなく、その「丸さ」自体であるような圧倒感を持ってわたしたちの前に現れる。そのときわたしたちは初めて、冒頭で風に膨らんだカーテンが言葉の丸みをもたらし、この歌の世界を丸みで覆い尽くしてしまったのではないかと気づく。

しかしこの「丸み」は、どのように翻訳されるべきなのか。この丸みが翻訳されないとき、意味が全く合っていたとしても、この詩は「翻訳された」と言えるのか。

たとえば、俳句の翻訳の際よく見かける、「俳句は五七五のシラブルで訳されるべきか」という問題が重要だとは個人的には全く思わない。リズムと意味、文字の視覚的要素は、毎回異なった関係を結び有機的に機能しているのであって、作品ごとにその関係の有様が吟味され匙加減をほどこされるべきであり、どの作品にも同じ原則を規則的に当てはめられるものとは思えないからだ。また、原文のリズムを伝えることが出来ないから詩の翻訳は不可能だとも思わない。翻訳は楽器を変えて同じ曲を演奏するようなものであり、異なる楽器であるからには、可能なこと、音色やそれに合ったリズムなども変わってくるだろうが、優れた編曲において、曲の本質は確実に残ることを、音楽を愛好する者なら誰でも知っている。

ただ、それが書かれた言語に分かちがたく結びついて、そこから剥がそうとすると身体までもが二つに裂けてしまうような作品もあって、そのようなとき、翻訳者はただ途方に暮れるほかない。

たとえば、この歌の場合、翻訳が不可能、というわけでは勿論なく、「ある種の言語に翻訳されることが限りなく困難な要素を含んでいる」ということであって、もしかしたら、他の文字を持つ言語、韓国語やペルシャ語なら何かこの「丸み」を生かしておく可能性があるのかもしれない、と想像してみる。または中国語とか。

それとも、文字の視覚的要素を音に写すことで作業をすることが可能かも知れない、と考えてみる。「ふくらむ」を意味する「ゴンフレ」の「フレ」という、fとlの続く軽い音を後半に頻出させることによって、「丸み」ではないが、カーテンの翻りが文字に影響をもたらし、さらには世界を覆う様を少しでも表せるか。しかしフランス語では、短詩型で音の要素をあまりに強調しすぎると、子供の遊び歌のように聞こえてしまう危険性もあるかもしれない。

この歌を翻訳する際の困難は何か、と聞かれたとき、単純に、それは視覚的な要素だ、と言うことは躊躇われる。この歌の要は「丸み」です、としか言いようのない、しかし単語の意味中にはそれとして明らかには（あえて言うなら「ふくらみ」かもしれないが）一度も出てこない要素を、どのようにして存在させることが出来るのか。それは、テキストの形では存在しない、ひとつひとつは今にも散逸しかねない物語の欠片、今は声の形でしか生き生きとは存在しない言葉の連なりを、どのようにして注解＝詩にするか、ということ二週間ほどの関心事とも重なっている。コノシロをどうやって注解するか。コノシロには水を注ぐのか、塩を振るのか。

## 八月二十九日

注解するものはテクストの従者であつて忠実にそれにより添はないと駄目。かと言つて独り語りは避けたい。質問の花を次々に咲かせてにぎやかであつた方がいい。

（『注解する者』）

この点からだけ見れば、翻訳という作業も（わたしの）注解も、少なくとも質問の花だけには困ることがないだろう。途方に暮れてあちこちに質問の種を蒔いていることが褒められた仕業かどうかは疑問が残るものの、疑問形という文型が注解にかなっていることには間違いない。

そういったものの、岡井さんの『注解する者』を読めば、氏は勿論わたしのように質問をまき散らして答えが摘まれるのを他の人に任せたりはしていないし、正確な手つきこそあれど、わたしのようにただ困惑して立ち尽くしたりもしていないから、ここでの「質問の花」はもっと生産的な仕草として捉えられるべきなのだろう。岡井さんの「質問の花」

は、長い間の読書で培われた膨大なテキストの知識と、短歌という詩型に携わる人におそらく不可欠の、細部への目といった道具を使って行われる、精緻な観察と実験といった性格を湛えているように思われ、わたしのように、背後にあるテキストが圧倒的に乏しいままやみくもに問う行為とはかけ離れた、丁寧な作業である。
わたしが手にしているのはおそらく、ただ「やみくもに問う能力」というものであって、そのことによって、もしかしたら他の人がわたしの問いを目にし、答えを与えてくれるかも知れないと願っていることもあり、また、「問い続ける」ことのみが動力となって進んでいく思考があると思っているからでもある。やみくもに書き続けること、そのことだけが何とか切り開いていく思考の歩みがあるように。

八月三十日

または翻訳によって。翻訳するときだけ、わたしは細部への目、ひとつひとつの単語への正確なまなざし、テキスト全体への（翻訳する、という視点からではあるが、比較的）正確なヴィジョンを獲得することが出来る。そこでなされる質問は、岡井さんの作業と重なる性質を持つものだろう。ところが詩人として何か問いが出てくるとき、それは自分でも、どこからそんな問いが浮かんだのかとあきれるようなものであり、それらの問いは方向を持たずに投げられている。本来の意味での作品注釈であれば、「注釈」の名で呼ぶことも出来ないようなものだろうが、注釈自体が作品、そして詩作品として存在しようとするときはどうなのだろう。Inter-notation というとき、はからずもそれは二つの意味を持ち、双方向の注釈、そして、二つのほぼ正反対な性質を持つ注釈が行き来してしまっている。

### 八月三十一日

今朝郵便箱を開けたら、岡井さんの新刊詩集・歌集『ヘイ　龍（ドラゴン）　カム・ヒアといふ声がする（まつ暗だぜつていふ声が添ふ）』が届いている。この本は、今回ではなく次回に取り上げます、と編集部亀岡さんとお話ししていたのだが、届いてしまえば読まずにいることは出来ず、読んでしまえば書かずにいることは出来ない。「届いた」ものに「呼ばれ」る。

タイトルを目にしたときから、「ヘイ　龍（ドラゴン）　カム・ヒアといふ声がする」という部分に倍音のように響くもうひとつの音を聞いていたが、本を手にして思い出した。それは「目覚めよと呼ぶ声が聞こえ（Wachet auf, ruft uns die stimme)」だった。バッハのカンタータBWV140、英語ではSleepers, wake, the voice is calling で、「眠るものよ、起きよ、声が呼んでいる」と訳せるだろうか。日本語の定訳では呼ぶ声が耳に聞こえているが、英語だと、起きよ、といっている声と、呼んでいる声と二つあるようにも読める。または、聞いている主語とは違うところで the voice is calling と語っているような。

いずれの場合にも、呼ぶ声は命じている。起きろよ、そしてこっちへ来いよ。全く異なる文脈から出てきた二つの文章、でも、その声にこちらに来るように呼ばれていることには変わりはない。本がわたしたちに呼び、命じている、ウェィク・アップ、カム・ヒア。Reveille-toi et viens ici. でもここってどこ。起きて聞くのは音楽の響き、起きて行くのは言葉のあるところ、韻律のあるところ。

連作「「おいで!」といふ声」に現れる、さまざまな、来て、おいで! 来よ、催促から期待、命令の間を自在に動くそれらの呼びかけは、そもそもタイトルから不穏な、不安な響きを持って揺れる。

来て、といふ声のきこえる曙と、聞こえない朝との中間にゐる
Entre l'aurore dont j'entends la voix me dire《viens !》et le matin qui ne dit rien là je suis
(「来て!」という声を聞く曙と、何も言わない朝の間、そこにわたしは居る)

そのくらさは現れるのだろうか、外つ国の言葉に。あちらから呼ばれているのが(またはあちらのほうが曙で、朝のほうが石のように固まりきっているのか)訳文には現れるか。「丸み」や「くらさ」、韻律の違いや文化の差異などで説明されるのではない、しかしテキストに「ゐる」それらのものたちは。

Entre sa voix à l'aube qui me dit : viens, et ce matin où elle n'est plus, je demeure
（来て！　という暁の声と、声のもうない朝の間、そこにわたしはゐる）

オーロラ（aurore, フランス語では「曙」も指す）の輝きがまぶしすぎたのでaubeに変え、ずいぶんすっきりさせてはみたが、「来て！」の不穏な曖昧さがここにでているかどうかは自信がない。

**九月一日**

「丸み」、「くらさ」。

わたしがあの女性から聞いた話の中では、何を一番に翻訳？しなければならないのだろう。彼女から聞いた話を人に伝えることとは、必然的に、解釈ではないにしても翻訳の作業が入ることを意味する。そのとき、最も残しておかなければならないことは何なのだろう。

何日かをかけて日系二世の方々にお会いした。彼らをわたしたちに紹介する便を図ってくれたニューカレドニア日本名誉領事で、自らも日系三世である、マリー＝ジョゼ・ミシェルさんが、滞在最終日、彼女の母親に少しでも会ってみたらどうかという。日本語はほとんど覚えていないが、日本の童謡はいくつか歌えるのだという。勿論よろこんで、と、真夜中の空港に向かう何時間か前に、ヌメア中心街に位置する、伝統的な平屋の家屋に、彼女の母親、ヨランダさんを訪ねる。八十歳を超したヨランダさんは、多少足元がおぼつかないもののまだまだお元気で、わたしにフランス語で（ニューカレドニアはフランスの海外領なので、共通語はフランス語になる）いろいろと昔の話をしてくれた。戦争が始まり、ニューカレドニアに住んでいる日本人は捕まって財産を没収されるらしい、という情報を彼女のお父さんがあらかじめ聞きつけて、当時貴重な商品だった醤油の木樽を土中に埋めたこととか、お父さんや他の日本人が、ヌメアの港に立ち寄る中国人の船員と、夜になると集まって博打をしていたこととか、それが原因で殺傷沙汰まであったことなど……。

そのような、西部劇さえ思わせるエピソードの中、突然、彼女はわたしに「コノシロ、って知ってる？」と語りかけた。フランス語での会話の中、突然そこだけがカタカナのように浮かび上がり、一瞬、日本語の単語かどうかわからずとまどったわたしに、ヨランダさんはもう一度、「コノシロ、知っているでしょう」と繰り返した。

「ミカドのマツリのときに、みんなでコノシロのご馳走を作ったのよ。コノシロを沢山、塩をして」こんな風に、とひらひらと手振りを交えながら、「ゴマとショウガをまぶしてね、みんなで作ったのよ、そのおいしかったこと」と、突然日本語の単語のちりばめられた（それまでの会話の中では、日本語は人名のときしか出てこなかったのに）描写に、わたしの脳裏には、何日間かずっと眺めていたヌメアの港に水揚げされるコノシロと、そこに集まってくる日本人の姿がありありと浮かび、あっ、と声をあげそうにさえなった。

「ありありと」というのは、本当はおかしいのだろう。わたしの頭に浮かんだ情景は、その当時実際にあった情景とは全くかけ離れているに違いないからだ。でも、ヨランダさんの話の中で、「コノシロ」という単語が、確かに何かを動かしたのだ。それはおそらく、彼女の話の中で、それが子供時代の自分が主語として生きた物語だったからでもあるだろう。単なる父親から聞いた話、日系一世の父親の生の証人としてのエピソードではなく、彼女はその目で、きらきらと光るコノシロの鱗を見ていたのだ。

また、わたしにそのような動揺をもたらした理由の一つには、この料理が現在も食されているということがあるだろう。彼女のお父さんの出身地である熊本に、江戸時代から伝わり今も存在する、コノシロ寿司の味が自分の舌に甦り、同時に、魚をさばく日本人の男性たち、塩を振る女性たちの手つきさえも浮かんでくるようだった。

突然呼び戻された日本語の単語が、味覚や手つきといった生理的感覚を呼び起こし、過去の経験を現在へと引っ張ってくる。それが、ありありと、と思えるほどの状況を作り出し、彼女の話を生き生きとしたものにし、こうしてコノシロはわたしたちが分かち合えるものとなったのだ、と思う。

詩と全く関係ない話をしている、と思われるかも知れない。

でも、彼女との出会いで呼び起こされたこと、過去を現在形に引っ張ってくること、こういった語りを、自分がこの女性の話を書くときに、どのようにして伝えていったらいいのか、と考えている、という点においては、「丸み」「くらさ」をどう翻訳すればいいか、という問題と通じているように思われる。カム・ヒア。何を呼んでいるのか、どこに呼んでいるのか。どう呼び留めたらいいのだろう、銀に光る魚たちを取り上げる、はるか遠くで生を営んでいた日本人たちの手のひらの動きを。

岡井さん。岡井さんの短歌を取り上げながらも、一見全く関係ないような話をしているようで、申し訳ありません。でも、おそらく、岡井さんの歌を他の言語に直してみるという作業と、この旅行、この思考が重なったこと、おそらくは関わりのないことではない、「注釈」のどこか大事な部分に（またもや、やみくもながらも）触れているように思われるのです。

**九月二日**

わたし注解する者は注解と注釈の違ひについて多少気にしないではないが「解」も「釈」も溶解することだらうと思つてをり、

（『注解する者』）

「コノシロ」という言葉の溶解について。

コノシロから生き生きとした情景が確かにここに現れ、それに目を奪われたのはわたしだったが、それを伝えようとするわたしのこの話では「丸み」「くらさ」は現れないのは分かっている。わたしの語りはあまりにも貧しく、つたないものだが、だからといってそれは技巧を凝らせば現れるものであるとも思われない。「テキストではないもの」を文字として書きつけるとき、翻訳の中で失われるものがあるが、しかし「テキストではないもの」のままでは「コノシロ」さえも伝わらず、声は消えていってしまう、それは避けたかった。

今ここでわたしがしたのは、単に、「テキストではないもの」を、いつでも読める形式で書きつけたに過ぎない。それは代弁出来ないものを代弁しようとした不器用な試みで、おそらく「丸み」、「くらさ」、跳ねる小魚たちはこういった形ではなく、詩の中でしか現れないのだろう。

詩が注釈だとしたら、テキストではないものを単に書き付けることは詩ではない。テキストではないものによりそい、水を注ぎ、溶解させ、もう一度現在形にすることはどうしたら可能なのか。

九月三日

岡井さんの最新刊から、「記録としての短歌」というテキストに、このような件、

わたしは、歌で記録するといふのは、韻律を意味より上に置く気持ちのあらはれだらうと信じてゐる。

「信じてゐる」。断定でも考えでもなく、そう信じること。この言葉が、文章の内容の重要さと共にわたしの目を釘付けにした。

読めば誰もがその通りだと思うこの文章、断定になっていてもおかしくない（多分真実でさえある）この内容に「信じてゐる」をつけることが、どのような意味を持つのか、ここで分析をし、説明を施す能力をわたしは持っていない。しかし分からないままに、やはり、この文章が、

歌で記録するといふのは、韻律を意味より上に置く気持ちのあらはれだらう。

と書かれているときより、もっとずっと、異様なほどの強い印象を与えることには違いないと思う。衆目一致の事実として捉えられていい内容を、あえて個人の「信」の領域に戻していくこと（またはその領域を付け加えること）。

おそらく、大きく頷きたいその内容に、もしわたしであったら、「信じてゐる」とつけ加えることが出来ないところからもこの驚きは来ているのだろう。この八年間、日本語では詩を書くことなく、フランス語で何冊か散文を出版してはいるが、「韻律を意味よりも上に置く」作業をしていなかった。詩がどんどん沖に遠ざかる、と思っていたが、詩を忘れたことはなく、むしろ詩にかかわる内容、テーマはそれぞれ異なれど「詩とは何か」を常にめぐって自分の近年の本は編まれていたといってもいい。沖に遠ざかっていったのは、詩ではなく、確かに韻律なのだ（短歌と同じ形ではないけれど、韻律は、たしかに存在していたから、自分の詩の中には）。だとするとやはり詩でもあるのか。遠ざかっていったのは、

**九月四日**

そう考えると、わたしが今書いているのは何のテキストなのだろう。詩を書かないのに詩の注釈を続け、それ自体を詩と呼びたい、とうそぶく書き手、「詩とは何か」ということだけをただひたすらに考え、散文で書き続ける書き手は何と呼ばれるのか、評論家ではないだろう、もはや韻律としての詩を書かなくなった書き手に「詩とは何か」を問う権限はあるのか、

## 九月五日

技術的に可能であればやってみたかったこと。なってみたかった詩人の姿として、百の詩を書くのではなく、ただ一つの詩を出来る限り多くの言語に翻訳することに一生を費やす、というのがある。今でもそれは潰えた夢ではなく、一冊でいいからそのような詩集を出したいと強く思っているが、ただ、その場合、どの詩をその対象にするのか、という問題がある。ただ一つの作品を何十カ国語にも翻訳し一冊に編むとき、その作品は、単体では持たなかった過剰な価値を担ってしまう。求めていることはむしろその対極、テキストをかなう限りカレイドスコープのように分散させること（ひとつでありながら）にあるのに。

そのようなことを考慮したとき、対象になるのは自分の作品ではなく、誰か他の人の作品である方がいいような気がする。または幽霊の声、細い一本の糸のような行。

## 九月六日

多分、どこかで頼みにしている、のかもしれない、岡井さんとのこの注釈の試みの中でふたたび韻律が浮上してくることを、「丸み」、「くらさ」、「コノシロ」そのものである詩が現れることを。でも、再びそこに戻る勇気はあるのだろうか、詩に絡め取られ、足を取られて、亡霊のように遠くから詩のホロスコープの映写技師になろうと思った自分が、正方形の「韻律」、それ以外に目を向けられないほどの強度で自分を縛る詩作の領域に戻る

力は。それとも、韻律との異なった付き合い方が可能なのだとしたら、

## 九月七日

またもや飛行機の中でテキストを書いている自分がいる。肘が当たるほどの近さに座る他人に囲まれていながら、飛行機の中で奇妙に集中出来るのは、ここで描かれるテキストが、ある土地に結びつけられることがないせいなのかも知れない。どうして、土地に結びつけられていないテキストは書きやすいのか、何の説明にもなっていない、と自分で茶化しもするのだが、それはまた、列車や車など、移動中にアイディアが浮かぶと告白する作家たちとも通じているように思われる（ヴァージニア・ウルフによる、列車と小説の喩は、乗り物を創作に使う目的がさらに異なっているようだが）。フランスの詩人、ジャック・ルーボーは、歩いている間に詩を作るというので知られていたが、年を取って膝を悪くしてから、バスに乗って詩を作ることにしたという。車が文字通り彼の「足代わり」となって、創作を助けている。

もしかしたら、小説ではなく、移動は「詩」にこそ必要な要素なのか。土地に結びつけられることなく、それだからこそ頼りなく漂う言葉たち。あらゆる「詩」に、ではなくても、自分にとっての「詩」に、それは欠かすことが出来ないように思われる。自分が身を支えることの出来る土台を持たないこと。常に複数のものの間にあること。自分の名が呼

ばれないこと、ひとつだけの名で呼ばれないことがあるかも知れないと分かっていて、その中で、多くの呼びかけを続けること。思考を留めないこと。速度（フランスの現代詩において、ある時期、最も重要であったのがこのテーマでもあった。常に動くことを止めない永久運動としての言葉、詩）。都市から都市へと渡り歩くこと。言葉から言葉へと。質問の種を無防備に蒔き続けながら。

動くのは言葉だけではない。書き手の身体も、飛行機の中では実際におそろしい速さで移動している。ひょっとしたら、飛行機で創作が進むのは、今書いたようなこととは全く関係がなくて、単に身体的な移動が脳に及ぼす生理的な作用なのだろうか、それでも（またもや、「詩」についての思考を続けている、詩の形式を取ることなく）。

## 九月八日

書き手の身体はイタリア、ローマへと移動した。これから一年間、日本語とも、翻訳・創作言語であるフランス語とも異なる言語に囲まれて過ごすことになる。自分が創作する言語から離れた場所に長く滞在して執筆を続けるのは初めて。一、二カ月の経験はあるが、それ以上のとき、これらの言語がそれぞれに自分の中でどのように変容していくのか、人体実験をするような気分でいる。

## 九月九日

坂の上、ローリエと夾竹桃に囲まれたこぢんまりとした庭を持つ平屋、人に益をもたらしてきた葉と、食用すれば死をももたらす葉（どちらもローマの都市にはあまりにもなじみ深い植物）の間で作品を書くべく身を落ち着けたばかり。ヨランドさんの住んでいた平屋とは、配置は違うものの、パリではすでに秋の涼しさだったのがローマで名残の夏を取り戻し、ヌメアでの彼女の家の裏庭を思い出す。夾竹桃があり、白薔薇は咲いていても生姜は生えていないのか、言葉が沈殿していくのはどんな葉の上なのか。

## 九月十日

テレパシーの話。現在、テレパシーというと、言葉や声によらず直接人の精神に考えを伝えることを指すように思われているが、十九世紀において、この言葉は、「遠くに（tele）いる人と心（pathy）を通じ合わせる」、すなわち死者との対話を意味したのだという。写真はいうまでもなく、テレフォン、テレヴィジョン、遠くとの交信を可能にすることに近代テクノロジーの諸々の発明が集中していたことには驚かされる。

すべては、死者との交流、不可能な交流を夢見て行われたのではなかったか。写真が魂や死者の姿も写せると考えた、写真黎明期の人々の写真に対する驚き、遠くから聞こえてくる声が「あちら」からの声も伝えられるのではと思った人々の心象をわたしたちはもはや想像することが難しいように、これらの遠距離間（tele）の交信が日常の、ありふれた行為になればなるほど、本来は死者との交流を目的としたこれらのメディアはその効力を失い、生きている我々同士だけの、なすすべもなく「近距離」の狭い交信に限られてしまう。そういう意味では、わたしたちは、テレフォン発明以前、そしてその前の、伝統的な死者との交信方法があった時代以前にさえ遡る、「野蛮な」世界に生きているのかも知れない。だからこそあえて呼んでみたいのに、カム・ヒア、と、

そんな深い処（ところ）から来た　とは思へない春の鳥、だが翼は暗い

ゆふべから妙に急いでゐるぼくはどうも「おいで！」と言はれたみたい

あたらしい春の底から「来よ（こ）」と呼ぶ　ここだくの声に混じりて行かな

Il ne doit pas venir de bien profond, l'oiseau du printemps, pourtant ses ailes sont sombres

Depuis le crépuscule d'hier mon cœur s'agite,《viens !》me dit une voix, me semble-t-il

La voix qui appelle《viens》depuis le tréfonds de l'année qui se renouvelle, au milieu de toutes ces voix qui lui répondent je vais,

九月十一日

そんな中で手紙を送り合うこと、岡井さんと。お互いに生きている人間同士ではあるけれど。注解はテキストの影か、谺か、そして影を送り合うわたしたちは、

九月十二日

この数日、断片ばかりになるのは、おそらく思考が新しい環境に慣れようと、あちらこちらに絶えず向いているから、旅行中でさえも思考の糸を繋げることは出来るのに、新しく暮らそうとする都市では、旅行のときのように選択をすることが出来ず、都市をまるごとそのままに受け入れる他ないためにそうなるのか、

九月十三日

岡井さん、わたしたちは、遠くにいる者同士でしょうか、それとも近いのでしょうか。互いの作品に注釈をし、作品にし合うことは、お互いの言語や思考を接近させているのか、それとも遠ざけているのか、どこかに「溶解」していく部分があるのでしょうか、テキストだけではなく、わたしたちにも、

**九月十四日**

この、あまりにも手放しで美しい街に対してとまどっているもう一つの理由は、ずっと「テキストではないもの」について考えてきたのに、いきなり空間自体がテキストの集積でさえある地に放り出されていること、フランスよりも一層そうである地(わたしが現在招聘されて住んでいるヴィラ・メディチはそもそも、フランスの芸術家を、古代ローマからの歴史を誇る地で学ばせるための場所であった)、十七世紀から存在してきたその制度に連なるものとして、あまりにも堅牢な、重厚な建築物に囲まれ自らもその中に暮らしながら、そんな中で、コノシロが遠ざかり、さらに小さな声になるのを、待って、と呼び止めることに必死で、カム・ヒア、

# 冬の多様な時間帯に関口涼子を読む

岡井隆

## 冬の多様な時間帯に関口涼子を読む

——テルティーネ（三韻詩）　その1

麻酔から現実へ、此の世へ戻つた午後『カシオペア・ペカ』を読む　知池稚遅（ちちちち）
大腸内視鏡検査ついで手術の前何ℓもの下剤飲んだあとの厚い詩集　砂鎖佐些（ささささ）
まづは函・表紙また扉が美しい、そこを通つてからが言葉、いな刀（メス）　奇危紀軌（きききき）

平田俊子は戦死した親族の遺骨収集の旅に加はつてメラネシアまで　飛んだ
辺見じゅんは戦艦大和の沈んだ海を訪ねてそこに男たちのヤマトを　女から見た
関口涼子はといへば仏領ニューカレドニアで日系女性に会つてそれを　見つめた

わたしは大腸から直腸へ到る肉の襞（ひだ）の道を個室の窓と冬雲に重ねた　苦しゐ
家妻は認知症の母親を介護、年賀状に青いケンタウロスを刷らうと　忙がしく

二万人を超える人が「静」の御題で短歌を作つて歌会始に供へた　咲けよ梅
凹凸のある鋪道をゆつくりと歩いてゆくと赤白ピンクの山茶花の花　足よろめく
大腸へ挿入された丸みのある金属管からも大小の肉性花が咲いてた　奥を見よ
空間をわたるのと時間が流れるのと両方がなぜ花に到る途なんだろ（疑はず）
羅馬といふ馬の足許から泉が湧いて午年の朝詩人を祝福して止まぬ

## 検査を待つ数日

——テルティーネ　その2

それは堤清二さんの作つた現代美術館で高原の村に牛舎と隣接して在つた
ぼくは体に管を通される前々日　そこへ行き
アンディ・ウォーホルからマルセル・デュシャンまでを観た

「もう二年と保たないでせう」とギャラリの管理人の男は言つた
「この国の研究者達も来てくれなくなりましたし」

膨大な資料や蒐集品の中には若林奮のもあつた

ぼくはその前日の高原ホテルの天体観測所を思ひ合はせた
夕酒に酔つた客の男が大声を出して星好きを自慢してゐた
担当の女人は信州なまりで「望遠鏡つて星を拡大して見るものぢやない」と説いた

白鳥座のデネブは千年前の光であるが肉眼でみるのと同じ大きさ
蒼白く明確で四十年前の現代美術と同じ力で
老人性糖尿病はあるが網膜症はないぼくの老いた眼を直射した

検査を待つ前の数日を下剤をのみ続けながら寒い十一月の高原へ栗鼠達に逢ひに行つたぼく

# コノシロ伝説

岡井隆

そのような、西部劇さえ思わせるエピソードの中、突然、彼女はわたしに「コノシロ、って知ってる？」と語りかけた。フランス語での会話の中、突然そこだけがカタカナのように浮かび上がり、一瞬、日本語の単語かどうかわからずとまどったわたしに、ヨランダさんはもう一度、「コノシロ、知っているでしょう」と繰り返した。

（関口涼子、九月一日）

コノシロはニシン目ニシン科の魚で外見はイワシとかなり違ふが、沖縄ではアシチンと呼ばれ有明湾ではハビロ、東京・紀州・男鹿・上総・下総ではコハダと、関西ではツナシ、土佐ではドロクイ、鳥取ではニブゴリン、石川でベットウ、八郎潟ではモゴ、浜名湖では、なんとヨナとさへ呼ばれて、旧約聖書のJonahつまり巨大魚に呑まれてその腹中に三日三晩すごした信心ぶかい主人公を思ひ出させるのだが、実は左右に平べつたく最大二十五センチほどの銀色をした磯魚であり、それを焼く匂ひがなんと人を焼く臭ひに似てゐることでも有名なのだ。

万葉集では六五八年斉明四年に謀反が発覚して紀の湯に送られ藤白坂で絞殺されたと伝へられる有馬皇子の、

磐代の浜松が枝を引き結び真幸くあらば亦かへり見む　（巻二・一四一）

家にあれば笥に盛る飯を草枕旅にしあれば椎の葉に盛る　（巻二・一四二）

といふ、悲痛な名歌が伝へられてゐる。悲痛なといふのは「いま浜の松の枝を結んで幸を祈つて行く自分は幸ひに無事であることができたらこの結び松をかへりみることもあらうか」だとか、「家に居るなら銀器（笥）に盛つてたべる飯も今は椎の葉つぱに盛りつけてたべることであるよ」といつた内容だからだ。皇子をわざと陰謀にまきこんだ蘇我赤兄について訊問された時「天と赤兄のみ知る」といふ一語を残したといはれてゐる。

その有馬皇子は実は死んでゐなかつたのであつてコノシロ伝説では、零落れて下野（シモツケノ国）、今の栃木県あたりを流浪してゐた。土地のお金持ち五万長者の家で不正規労働をしてゐるうち、家つきの娘といい仲になつて孕ませてしまつたと思つてごらんなさい。娘にはかねて婚約中の常陸の国司の息子があつたので婚のため矢の催促。困つたあげく五万長者は、娘が死んだことにしたのさ。柩の中に（娘の代りに）コノシロを、ぎつしりとつめて火葬にした。当時はまだ土葬が主だつたのではないの、大陸から火葬の習俗はまだ来てなかつたのではなどと疑ふ人は民間伝説の虚構性の愉しさを知らないのだ。

そもそも紀の国で絞首刑に遭つた皇子が、流れ流れて下野あたりに居ることからしてをかしいといふ人は、義経が生きのびて黄大陸へ渡りモンゴルで成吉思汗になつたなんて話をも信じまい。しかし、政治的に謀殺された人は民衆の同情を得てしばしば生きのびるのだ。

民衆は柩の中のコノシロの焼ける匂ひを娘の焼ける匂ひと信じた。国司の追及を逃れた皇子と娘は手をとり合つて他国へ逃れたといふわけだ。そのときの民謡に、

東路(あづまぢ)の室(むろ)のやしまに立つ煙たが子のしろにつなし焼くらむ

が伝へられてゐるとのことだ。

「ミカドのマツリのときに、みんなでコノシロのご馳走を作ったのよ。コノシロを沢山、塩をして」こんな風に、とひらひらと手振りを交えながら、「ゴマとショウガをまぶしてね、みんなで作ったのよ、そのおいしかったこと」と、突然日本語の単語のちりばめられた(それまでの会話の中では、日本語は人名のときしか出てこなかったのに)描写に、わたしの脳裏には、何日間かずっと眺めていたヌメアの港に水揚げされるコノシロと、そこに集まってくる日本人の姿がありありと浮かび、あっ、と声をあげそうにさえ

なった。

（関口涼子、九月一日）

コノシロのシロは代であつて、子（五万長者の娘）の代りに焼かれた魚を指す。この民謡に「つなし、ツナシ」といふ関西方言によるコノシロが入つてゐるのもおもしろい。民衆は、ひろくこの国の津々浦々に有馬皇子の生存を信じたかつたのだらう。東路のたくさんの島々に、子の代りに焼かれるツナシの煙は壮観ではあるまいか。

ツナシは現代でも北陸から関西にかけて使はれてゐるといふし、万葉集巻十七・四〇一一の「放逸せる鷹を思ひ、夢に見て感悦して作る歌一首、大伴家持」の中にも「乞ひ禱みて　我が待つ時に　娘子らが　夢に告ぐらく　汝が恋ふる　その秀つ鷹は　松田江の　浜行き暮らし　つなし捕る　氷見の江過ぎて　多古の島　飛びたもとほり　葦鴨の　すだく旧江に　一昨日も　昨日もありつ」と、あっさり氷見（富山県北西部にあり、有磯海に臨む漁港）の枕言葉みたいに「つなし」が出てくる。ある注釈者によると「つなしはこのしろの幼名で十センチメートル前後の大きさで近海に住み漁期は秋冬」とのことだ。新聞もテレビもネットもなかつた時代に常陸の国の秘事がどうして富山まで伝はつたのか不思議といへば不思議だが、そこは悪事千里を走るのだともいへるし、風評の伝はる迅さといつたら、原子力発電所の自然災害の噂が、パリのタクシー運転手をして日本人の乗車を拒ませた迅さを思へば少しもをかしくはないのだ。

あともう一つ古書『塵塚談』にあるといふ武将や武士が「コノシロ」食ふは「此の城」

食ふに通ずるのでこの名称を嫌ひ「コハダ」と呼びかへた云々といふ逸話にはさし当りここでは触れないで置く。

ヨランダさんの話の中で、「コノシロ」という単語が、確かに何かを動かしたのだ。それはおそらく、彼女の話の中で、それが子供時代の自分が主語として生きた物語だったからでもあるだろう。単なる父親から聞いた話、日系一世の父親の生の証人としてのエピソードではなく、彼女はその目で、きらきらと光るコノシロの鱗を見ていたのだ。
また、わたしにそのような動揺をもたらした理由の一つには、この料理が現在も食されているということがあるだろう。彼女のお父さんの出身地である熊本に、江戸時代から伝わり今も存在する、コノシロ寿司の味が自分の舌に甦り、同時に、魚をさばく日本人の男性たち、塩を振る女性たちの手つきさえも浮かんでくるようだった。
突然呼び戻された日本語の単語が、味覚や手つきといった生理的感覚を呼び起こし、過去の経験を現在へと引っ張ってくる。それが、ありありと、と思えるほどの状況を作り出し、彼女の話を生き生きとしたものにし、こうしてコノシロはわたしたちが分かち合えるものとなったのだ、と思う。

（関口涼子、九月一日）

有馬皇子と皇子の子を孕んだ長者の娘は、そのあとどうなつたのか。富を失つた娘と皇子とは、親元からの仕送りで子を育てたのか、それともどこかの長者の家にもう一度もぐり込んで親子三人、共かせぎの生活に入つたのか、気になるところだが、わたしには思ひ浮かぶ一つの例がないわけではない。

明治維新のあと、武士階級だけでなく、平民層にも国内の民族移動がおきた。岡山県上道郡一日市（ひといち）に住む岡井次隆（つぐたか）（ふしぎとわたしと同姓だが）は各地を流浪した末、屯田兵村の小学教師として北海道東部に渡り、一八九〇年前後に釧路に住んだと伝へられる。やがてそこの網元山形家と親しくなり、そこの娘千鶴（ちづ）と手をたづさへて海路本州へ逃げて、やがて同郷の者たちの多かつた京都へ帰つたのだが、そのあと、次隆・千鶴夫婦は京都の新聞代理店の名古屋支店の長として名古屋市御器所（ごきそ）に定住した、それが明治二十年代のことだつたらう。そのとき千鶴は、二人目の子として岡井弘を産んだのであつた。有馬皇子夫妻もまた、長い回り道を経たあとで、北陸に流れついて、コノシロならぬツナシの鮨を食べたのではないかと想像することもできるのだ。

これは以上の挿話とは関わりのないつけたりばなしだが、わたしも、やはり零落して九州各地をさすらつた挙句、玄界灘に面した寒村に、医師として棲みついたことがある。

玄界の春の潮（うしほ）のはぐくみしいろくづを売る声はさすらふ　（岡井隆『鵞卵亭』）

思い出すのも辛い、記憶の中には、やうやく流れ着いたといふほのかな安らぎもないではなかつた。朝々漁村の女たちが、博多方言で売りに来てゐたその魚が、コノシロ、いやコハダであつたとしても不思議ではないだらう。

参考文献　末広恭雄『魚の博物事典』（講談社学術文庫、一九八九年）
斎藤茂吉『万葉秀歌』（岩波新書、一九三八年）
尾崎暢殃他『万葉集事典』（武蔵野書院、二〇〇五年）

# 「コノシロ伝説」コーダまたは岡井隆さんへの便り、さまざまな南から

関口涼子

岡井さん、確かに、コノシロは火で調理せずに食べるもの、と聞いていましたが、「それを焼く匂ひがなんと人を焼く臭ひに似てゐることでも有名」であること、恥ずかしながら初めて知りました。コノシロの説明には、「焼いたときの匂いが強いので酢漬けで食されることが多い」と多くは書かれていますが、そこにはいいよどみ、表現に包んで感じないようにしている「匂い」があったのですね。それはやはり、人の身体というものを焼くことがあるからこそ知られている臭い、なのでしょう。特に、人が死に囲まれていた時代においては、誰にでもすぐそれと分かる、そしてそれゆえに忌避すべき匂いであったことでしょう。今のわたしには、人を焼くときの臭いを、それと認識できるかどうかは定かではありません。それは、土葬文化に移り住み、そして、海を越えたところに住む者の宿命として、身内の葬儀に間に合ったことがないため、今、そういった臭いが存在するのかどうかさえも知らないからです。

土葬文化であれば、身体が乾燥したり分解していくときの臭いは、伝統的に知っていた

のでしょうが、人を焼く臭いを経験していたかは疑問です。ヨーロッパであれば、コノシロを焼いても全く異なった反応が返ってくるのかも知れません。

もう一つ、「コノシロの匂い」の件を読んで思いだしたのは、広島を巡るイメージを研究対象にしているフランス人の美術史学者から聞いた話でした。広島の、とある女性原爆体験者の証言の中に、人が焼ける臭いには三種類ある、というのです。生焼けでくすぶっているもの、半焼け、この二つの臭いは耐え難いが、「よく焼けた」身体が時々あり、それは焼き肉のような香ばしい臭いがした、というのです。言葉を失ってしまう証言ですが、カタストロフィーの本当の悲惨さは、このような、「香ばしい」人体を嗅がざるを得なかった、つまり、本来の意味での常軌を逸する体験を強いられたというところに現れているのではないかと思います。

決して耳に快くないお話を長々としてしまい、申し訳ありません。詩からどんどん離れていく様にも思われるでしょう。岡井さんの「コノシロ伝説」の中で、特にこの件に敏感に反応してしまったのも、わたしの中には現在、死というテーマが住みついていて、それに応えるように書き続けているからでもあります。

四年ほど前、酒田と鶴岡の即身仏を訪ねてから、「残る身体」について追い続け、二〇一一年三月十一日、海に流されていった、残ることの出来なかった身体について取り憑かれるように考える日々を経て、現在ローマに滞在しているのも、ヨーロッパのミイラについての本の準備のためなのです。

その調査のために、時間を見つけては様々な地方を訪ねており、二週間前にはシチリア島に小旅行をして、二つのカタコンベを訪ねました。一つはパレルモ、もう一つは人口三千人ほどの村、ブルジオです。カプチン会ではかつて、死者をミイラにする風習があったため、その頃の人たちが、着衣のまま、今でも何千体と壁に吊されています。

そのときの体験をお話しするのはまた別の機会に譲りたいと思いますが、彼ら、焼けるコノシロのように火の通路を経なかった人たちと対面する度に、思うのです。

彼らに語りかけるのは、どんな言葉がふさわしいのでしょうか。話し言葉で、それとも韻律のリズムが浸透していく空間がどこかにあるでしょうか。

わたしは、オカルト的な意味で「死者との対話」が可能だとは勿論思っていません。むしろ、文学との出会いの最初に、「言葉」という、究極の他者に首根っこをつかまれた者として、植物や鳥、亡霊など、本来交通不可能なものたちのことを、一方的ではなく、それでも彼ら「について」書くからにはわたしが代弁しなければならないものをどうしたらいいのか、対話が不可能なものたちに対してどうやって言葉を使ったらいいのか、それを巡って、理解できない「他者」である言葉で、言葉と二人連れで、たどたどしくものを綴ってきました。

でもここで、文学的喩として、どんな言葉で彼岸の者たちに話しかけたらよいのか、と問うのは、十一世紀にアラビア語で書かれた、「天国での詩人」についてのテーマを思い起こしているからです。『許しの書簡』と題された、ダンテの『神曲』を思い起こさせるこの話の中で、主人公の詩人イブン・アルカーリフは天国と地獄を訪ね、彼が尊敬し、熟読していた古典の詩人たちに出会います。ただ、地獄に堕ちた詩人たちは自分が現世で書いた詩のことをはっきりと覚えているのに対し、天国で彼が出会った詩人たちは皆詩を放棄してしまい、現世での自分の名での呼びかけに答えることこそあれ、自分たちをかつて有名にした作品については、全く覚えていないのです。

考えてみれば、わたしたちが読んでいる書物の多くは、すでに亡くなった人たちによって書かれたものであり、そういった意味での「死者との対話」（ただしこの場合は、死者の方がわたしたちに一方的に話しかけるわけですが）でわたしたちの生は成り立っているのかも知れません。死者の膨大な言葉に囲まれて、初めてわたしたちがいるのです。

岡井さん、わたしたちが読んでいた、知っていた詩人、歌人たちは、向こうでも詩を書いているでしょうか。それとも韻律を忘れ、心穏やかに暮らしているのでしょうか。

つい、韻律がない状態を、「心穏やかに」と書いてしまいました。わたしにとって、韻律（わたしが書いていた詩で起こっていたことを、「韻律」と呼んでいいかどうかは分からないのですが）は心を揺さぶり、船酔いさせるもの、そしてその絶え間ない振動の中で宇宙飛行士の平静さを保ち、正確なアングルで狙った箇所に一ミリの差もなく、間断なくビー玉を当て続けていくような極度の緊張をともなうものでした。そしてその韻律は、わたしが詩を書かないときにでもわたしの身体に住まい、わたしという身体を韻律の器にしていたのです。

自分が韻律を受け入れるにふさわしい器であり得たかどうかは分かりません。韻律がわたしから去ったあと、幸いにも言葉はまだあり続けてくれています。今は、テーブルの上に置かれた死というテーマの正面に腰をかけ、自分の目の前にあるグラスを直視するように何年もその主題と向き合い続けています。その姿勢を取ってみると、考えてみればこのグラスは生まれたときからわたしたちの前にあり続け、ただ、わたしたちの多くがそれから目をそむけているだけだ、という気がするのです。

岡井さん、岡井さんと共同詩を始めて、ようやく、この何年間、口に出さずにいた、口に出せずにいたことを自分が書き始めていることに気がついています。岡井さんもお感じになっているでしょうが、わたしはもう詩の世界、韻律に属する者ではないのです。そして、もはや詩人ではない自分がこうして歌人の岡井さんと、それでも対話を交わす意味があるとしたら、それは、詩人でなくなってしまった者の側から、どうやって、詩がわたしたちを棄てることがあるのか、について、出来る限り真摯に語ることだと思うのです。というのも、それはこれまで多くの詩人に起こって来たにもかかわらず、詩を棄てた、または詩から棄てられた人たちは、そのことについてほとんど語ってこなかったからです。語ることによって、すでに決定的に詩から棄てられていたにもかかわらず、その別れがすでに決定的であり取り返しのつかないものであることを認めることになるからです。

今回のテキストに、岡井さんがお書きになった「コノシロ伝説」のコーダというタイトルをつけたのですが、書いていくうち、わたしの岡井さんとの共同詩自体が、わたしの詩人としてのコーダである、そのことに気がつきました。この共同詩は、おそらく、様々な側面から、コーダの変奏曲を演奏する最後の機会です。

岡井さん、韻律と共に生まれ、韻律と生涯を共にしてきた岡井さんだからこそ、そのことをわたしに気づかせてくれ、貴重な機会を与えて下さったのです。次回、お話しさせて下さい。詩の岸を離れてしまった者のことを。どうやって、わたしたち、詩の彼岸にいる者からの声が、此岸にまで聞こえるのかは分かりません。でも、もしわたしの詩が死んだことに何かの意味があるとすれば、それは、わたしが死を語るためにいるからだと思うのです。

# TRANS-NOTATION 3

関口涼子

## 1

岡井さん、わたしはずっと、ある境界を越えて外に行ってしまった者が、かつていた場所について語れるのかどうかを考えてきました。たとえば、スポーツ選手の場合には、プロフェッショナルでいられる期間は人生の長さと比べればかなり短いのですが、そこから去ったあとでも、スポーツを指導したり語ったりすることは出来ます。それは、彼らが、プロフェッショナルという「レベル」からは外れてしまったものの、今でもスポーツという活動を営む場所にい続けているためでしょう。音楽家についても同様で、たとえばオペラ歌手の「寿命」は生物学的な寿命よりは悲劇的に短いのですが、そのあとも歌い続けることは可能です。

文学は肉体的な限界を有することがないゆえに、多くの作家が死ぬまで書き続けることが、原則的には出来るわけですが、それでいて、どうして詩の場合には、これほど書くことをやめてしまう人が多いのでしょうか。文学の中でも、詩という分野は、書き続けていくことに例外的な負荷がかかっている場所であるような気がします。

そして、詩を止めてしまった人は、多くは書くことそのものを止めてしまうか、または、他の文学ジャンルに移ったきり、詩については口を閉ざしてしまうのです。だから、そこで何が起こっているかは、分からないことがほとんどです。

詩人でなくなってなお、詩について語る行為を何にたとえられるか思案し、最初は「片手をなくしたピアニストが、ピアノ奏法について語る」ことかと考えたのですが、片手をなくしても弾けるソナタもあります。そう考えてみると、やはり、詩を書いていたのに詩人でなくなった者に起こっていることは、彼岸に行く行為であるとしか思われないのです。わたしたちにとって死者が彼岸でどんな生を生きているのかを知るのは不可能であるように、彼岸に行った者にとっては、かつての世界での生がどんなものであったかは覚えていても、それを感じることはもう出来ないでしょう。なぜなら知覚の容れ物としての身体がなくなってしまったあとでは、「感じる」ということ自体が不可能であるからです。触覚がどんな感覚かは覚えていても、もう手で触ることは出来ず、音の記憶はあっても聞くことはかなわないことになるでしょう。

## 2

わたしは、自分が詩を書いていたときの作業を良く覚えています。どんな言葉が選ばれてゆき、そこで形容動詞は、助詞は、どのように機能していたのか。どのように音を鳴らし、読点を打っていったのか。自分のしていたことが多くの人にとっての詩の概念と同じであったとは思いませんが、自分がある作品を完成させたとき、すなわちもうこれ以上テキストが揺るぎなく動かないと確信を持てたときの感覚は良く覚えています。自分に何か能力があるとしたら、その、「言葉がある作品中で位置するべき場所に落ち着いた」瞬間を確実に感知出来ることであろうと思っていました。それは、韻律だけではなく、詩人なら誰でも、口に出さずとも知っている、音と、意味の何層もの間の移動、そして時としていった複数の要素で構築されるものです。ある職人が、研ぎを止める瞬間、釘打ちの加減、糸の張りなどを、その職業に就いていると自負しているものであるならしっかりと分かっているのと同じようにして、そういった作業を行っていたのです。

(常にではありませんが)そこに由来するイメージ、それが書物全体の中で持つ機能、と

## 3

同時にまた、それがもしかしたら形になるかも知れないと期待することが出来るまでのきりきり舞いの作業も覚えています。作業、というにはあまりにも恣意的な、書くべきこと(というよりは、書かれる言葉の住まう空間)が作られるまでの段階においては、何一つとして確かでない状態が続き、そこに至るまでの言葉は「下手な詩」ではなく、言葉でさ

えない、何か、命を与え損なった奇形の細胞のような様相を呈していて、それは棄ててい
くしかないのでした。そういった過程と試行錯誤のあとに何かが生まれるかどうかも確
信の全くないところに、自分にとっての詩作の辛さがありました。一方では職人の技術
があり、もう一方ではそれを無効にする過程が前提とされているのです。あまりにも分か
りきったことを言っているると思われるかもしれません。しかし、詩という分野の厳しさは、
まさにその、読書や創作の具体的な作業の中で獲得していく部分が完膚なきまでに無効に
される領域があまりにも広すぎるところにあるのではと思います。

## 4

勿論、自分の書いていたものが、そもそも詩でさえなかったと考えることも出来ます。
そうだとすると、詩人でさえなかった者が、さらに詩人でさえない者でさえないものに
なった、と言うことになるのかも知れません。
詩の一篇という概念にはなじむことが出来ず、本一冊を渡っていく言葉の連なりのみを
一つの単位をなす作品と考え、ある種の指向を持った言葉が住まう空間とその道のりを作
り上げていく、コレオグラファーや建築家とも似た要素を持った自分の作業は、毎回、一
冊を書き上げる度に、「ああ、わたしはこのままもしかしたら詩を書き続けていけるかも
知れない」という、不安からの束の間の解放と、しかしすぐに、それを裏切る模索の作業、

そしてその間ずっと自分につきまとう沈黙の何年間かが続く、その繰り返しでした。創作の時間は一、二ヶ月ほどですが、それに先立つ模索の時間は毎回三年ほどあって、その間は何も書くことが出来ず、そして、最後に詩を書いた二〇〇五年をもって、わたしは詩人の岸から追放されているのです。なぜなら、詩にまつわる作業の感覚を今でも思い出すことは出来ても、その作業には実際にかかることが出来ないからです。それまでの自分が、成功していたときにはあれほどの高飛びが出来ていたのに、今では、その身体を支えた棒のしなりばかりをこの手に確かに感じることは出来ても、どのように脚を動かせばいいのかさえ分からず、ただ呆然と立ち尽くすのみなのです。

## 5

詩とは何か、という問いほどやっかいなものはなく、それは近代の産物である「小説とは何か」という問いとは比べものにならないほど矛盾に満ち、あらゆる方向に拡がっています。

「詩とは何か」という問いに対し、十五世紀ペルシャ文学を代表する偉大な神秘主義詩人、アブドゥラフマーン・ジャーミーは、「ああ、わたしが詩人でさえあったなら!」と答えています。ジャーミーが詩人でなければ誰が詩人なのか、と思うのですが、彼によれば、古代において詩とは、想像された数々のエレメントからなり、それを聴く者の耳に、それが真実であるか否か、または真剣に聴いているかどうかにかかわらず、ある対象に対しては偏愛を、他の対象に対しては嫌悪を喚起するものでした。しかし彼と同時代の学者たちは、詩において、韻律のみを重要視し、それしか見えなくなってしまい、その結果、詩とは単に韻のある文章に過ぎなくなってしまい、そこには想像が入り込む余地がない、と言います。

## 6

一九八〇年代、九〇年代のフランス現代詩を牽引した詩人、ピエール・アルフェリとオリヴィエ・カディオは、詩とは何か、という定義に対して、このように書いています。

「創作を、ダムや風車の建築、またはモーターの製作であると語ることも出来るだろう。それは物語よりも些少な、考古学よりも少ない何か、であるだろう。そして、もちろん、レシピ以下でもある。それはむしろサイエンスフィクション、文学空間の第五次元の工事現場での細部を描写するための想像力を働かせようとする動きである。一つの同時性を複数の地図の上に展開させること。一つの身振りをストロボスコープで分解すること。唯一の直感を幾つものラッシュに切り取ること、逆向きに。今日の、使い捨て可能なセオリー。それから、もし必要ならもう一つ別の。ひとつ数える毎、新しいものを」

　これが詩の定義であるならば、わたしが現在フランス語の散文において行っている作業は、この場所に比較的近いものであるだろうと思います。そもそも、わたしはこの書き手（彼らもまた、現在自分たちを詩人と呼んではいません。そのうちの一人は、詩人であり続けている、とわたしは思っていますが）たちに共感することによってフランス語での創作を始めたので、当然のことであるのですが。

それでも、自分はもう詩人ではない、と常に思わざるを得ないのはどうしてなのでしょうか。追放された王が、かつて自分が追われた国に戻り、王政を復興することがある故に、亡命していても原則的には王の呼称は失われないという、曖昧な状況を想像することも出来ます。しかし、自分に関しては、戻ることはあり得ない、なぜならば、奇妙な形で別の形の言葉に亡命を受け入れられたからだ、とはっきりと答えられます。それについては、また別の機会にお話しさせてもらうこともあるかもしれません。

## 7

もちろん、自分の生の長さとある芸術分野の創作期間の長さが常に一致する必要はありません。そうであれば個人の生としては幸運なことではありましょうが、それ以上にわれわれの関心の対象となることではないでしょう。しかし、多くの場合、もしも、詩の世界における多くの詩人の追放が興味深いとするなら、それは、そういった現象自体が、詩という分野について何かを語っていると思われるからです。

# 8

わたしにとって、詩とは、そこで毎回新しく言語を、一つの生命として、または、一つの領土として作り上げていく場所でした。そこでは、作品ごとの「文体」はあり得ても、作家の身体に属する文体はあり得ませんでした。もちろん、実際にはそんなことは不可能であるわけですが、であるならばなおさら、似通っているかも知れないそれらの身体が、新しい、一回性の生を生きられるような、独立した空間を毎回作り上げることが必須になっていました。

そのような詩の概念は、全く間違っていたのかもしれません。少なくとも、そのような詩を詩として指向したために、自分が作品を書けなくなってしまったといえると思います。しかしまだ、詩の言葉とは、そのようなものであるとわたしには思われてなりません。

今となっては眩しいばかりの、手を入れる隙のない作品を自分が書いていた時代があったことを、わたしは知っています。それは、読み手にとってというよりは、言語にとって、それが存在する必要が確かにあったと感じられる作品であって（わたしにとってはただ『熱帯植物園』だけがそれにあたります）、そういった意味で、時として読み手を必要とせず、言語のためだけにでもその存在価値を持つことが、詩という領域にはあり得るのだと思います。言葉が言葉のために新しい生を生み出す、そのような場所が詩なのだと、詩から離れてしまった今では、断言をすることは出来ないのですが、きっぱりとそういってしまいたい、そういう思いに駆られています。

9

もしかしたら、詩自体が、言葉の彼岸にあるのかも知れません。だとすると、わたしは、その彼岸からこのむきだしの世界に投げ出されたのであって、しかしその詩の彼岸からは、むきだしの生とは比較にならないほどに強度のある生が、生まれ続けているのです。詩が生まれる言葉の場所は、人間という生き物の生死とは逆であり、それが何重もの二つ巴が重なり合うようにして廻っているのかもしれない、と、これは修辞ではなく、具体的に目に見える情景として、そう思うのです。

10

岡井さん、教えて下さい。岡井さんにとって、詩とは何なのでしょうか。岡井さんに初めてお会いしたとき、岡井さんは、息をするように歌を詠むことが出来る、というようなことをおっしゃったと思います。一方わたしにとって、詩の言葉はそういったところから最も遠いところにある、懸命に手を伸ばしてやっと人差し指の爪の間にその欠片がぽろぽろと挟まる、そういったものであり続けてきました。

それでも、どちらも詩であるのだと思います。だとすれば、詩とは何なのでしょうか。わたしの人生にはもはや詩は付き添ってはくれなくなりましたが、詩の言葉を住まわせたまま生を終わらせることは可能なのでしょうか。

岡井さんにとって、詩の言葉という身体がどのように感じられてきたのか、どのように、その言葉が、どこにいても岡井さんに寄り添い続けてきたのか、または、詩の言葉に遠ざかられ、再びは会うことが出来ないと感じられることが岡井さんにもまたあったのか、それを聴きたくてならないのです。

# 関口涼子さんへの、お答へ

岡井隆

昨年二〇一三年の六月十四日「1『熱帯植物園』に入る」と書いた。「夏の朝、関口涼子を読む」といふ、わたしの詩の始まりであつた。同時にそれが「現代詩手帖」への「注解するもの、翻訳するもの」（新連載）の始まりでもあつた。

「始まりでもあつた」と書きながら、わたしにとつては、それは「持続する書きもの」の一部であつたとつけ加へる外ないのだつた。

「岡井さん、教えて下さい。岡井さんにとって、詩とは何なのでしょうか。岡井さんに初めてお会いしたとき、岡井さんは、息をするように歌を詠むことが出来る、というようなことをおっしゃったと思います。一方わたしにとって、詩の言葉はそういったところから最も遠いところにある、懸命に手を伸ばしてやっと人差し指の爪の間にその欠片がぽろぽろと挟まる、そういったものであり続けてきました。」（関口涼子）

共同詩の相手である関口さんの切実な問ひかけ。ところがわたしといふ歌人は、この問ひかけから無限に遠いところで作品を書き続けて来た。わたしだけではない。

正岡子規、伊藤左千夫、島木赤彦、斎藤茂吉、土屋文明といつた近代歌人たちもさうであつた。持続する書きもの。途切れることなく続くといふこと。わたしは十七歳で短歌を書き始めて以来、今日まで、何日かの空白あるいは何箇月かの中断はあつたとしても、ほぼ休むことなく書き続けて、七十年にならうとしてゐる。歌は書かなくても、日記のやうに、斎藤茂吉や塚本邦雄の作品への「注解」を書いて数年をすごしたことがあった（四十二歳から四十五歳にいたる歌の中断を、『茂吉の歌私記』『辺境よりの注釈』『慰藉論』などによつて埋めたときもさうであつた）。

歌人ではなかつたが日記作家ではあつた。

関口さんにとつて、一番遠い存在としてのもの書きが歌人なのであつた。これは不幸な偶然だつたのだらうか。わたしはさうは思はない。関口さんのやうな異国在住の、「翻訳するもの」である詩人と、日本に住む歌人であるわたしとがお互ひの位置を確かめ合ふ、絶好の機会だつたと思つてゐるのだ。

日記作家といふ言葉からよみがへるのだが、ジュール・ルナール（一八六四―一九一〇年）といふフランスの作家に『ルナール日記』（岸田國士訳）がある。かねてからわたしの愛読して来た日記文学だが、たとへばその一八八七年九月十三日にはこんなことが書いてある。

「最も芸術的なのは、例へば小説の製作といふやうな、何か大きな仕事に取りつくことではあるまい。さういふ仕事では、全精神は自ら選んだ集注的な主題の要求に従はねばなるまい。最も芸術的なのは、不意に現れる百の事物について、小刻みに書くこと、謂はば自分の思想を細かく引き裂くことであらう。さういふ風にすれば、少しも強ひられるところがない。すべてがわざとらしくないもの、自然なものの魅力を帯びて来る。こちらから挑んだりはしない。待つてゐるのだ。」

当時、二十三歳のルナール青年のいふやうに「自分の思想を細かく引き裂くこと」がうまくできるかどうかはまた別の話だ。多くの歌人の書きものが平凡で、読むに耐へない結果になつてゐるやうに「不意に現れる百の事物について、小刻みに書くこと」によつて、尚、詩性を保つことは容易ではあるまい。しかし、歌人であるわたしは、それをして来た。「詩とは何か」「詩人であるとは、どういふことか」「書いてゐるものが詩の高さに達してゐるか」といつた、沢山の疑惑を初めから封殺した上で書くのが、歌人の習性なのだつた。

関口涼子さんの詩集『熱帯植物園』にかかはつたのも、二〇〇五年「私の現代詩入門」(「現代詩手帖」二〇〇五年十一月号)を書いたことから、始まつてゐた。

「関口涼子の『熱帯植物園』は、表紙や造本を抜きにしては語ることのできない本で、特に一頁の中に詩がどのように刷られてゐるかということが、表現の一部分——あるいは主要部分にさへ、なつてゐる。ぼくたちが、先づ、眼から先に悦ぶといふ意味では、これは一種のヴィジュアル・ポエムでもあるだらう。」

こんなことを書いてゐたわたしは、「不意に現れる百の事物」のうちでも、最も美味しさうな餌をとらへて、「小刻みに」注解しようとしてゐた。一頭の注解獣といつてもよかつた。やがてわたしは『限られた時のための四十四の機会詩　他』や『注解する者』を書いて詩人の仲間入りをする。と同時に間断なく短歌を書き、それも必ず毎日書くといふ約束を自分自身に課して書く、日記文学としての歌集も出し続けたのだ。

　しかし、さうした〈持続する書きもの〉は、本当に、関口さんの言ふ「詩」から無限遠のところに在るのだらうか。地球を一周すると同じ場所に戻るやうに、実は無限に近接した存在だつたりするのではないか。

　わたしは、二〇一三年六月八日朝、六時半から七時のあひだに書き始めて、六月十四日にやがて関口さんの『熱帯植物園』へと入つて行く書きものの、最初のところを写してみたい。それは多行散文詩の形で書かれてゐた、ごく日常の光景の写しものだ。

＊

LL（エルエル）のうす茶のベストを妻は提（さ）げて
L（エル）はありませんか　LLぢやあ脇がすこし
たるむみたい
「もう一度着てみて！」
通路には大きな立て鏡にわたしの全身が映つてゐるが　わたしの意識はベストではなくベストを提げた妻にばかり向いてゐて

(脚がだるい　坐りたい)
だけどこらへる
係の若い女人の意見をききながら　どのみちその女人の笑顔なんか超えてゐるのだ
妻はＬＬを持ちながら（この人には）Ｌがぴつたしと Ｌを求めるがＬはない
「とりよせますか」「ほかの店に訊いてみますか」でも「ＬＬでもすこし脇があまるだけで
いいのでは？」と係の人の笑顔が言つてゐる
(通路は脚の疲労のために　汚れ始めた)
うす茶のベストは買はれるべき運命にあつた

*

十薬（じふやく）の白い花　十字花が銀杏（いちやう）の根方にどつと咲く路を話しながら歩く
十薬は黙殺されながら必死に白花をつらねてゐる
もう少し歩くとポストだがそこが今夜の終局の目的地かどうかわからぬ
まだ十一時　宵の口ではないが宵の果てには　少し空（あ）いてゐる
〈二階まではなんとか登れたが三階へのぼるのがつらかつた
〈やつぱり弱つたんだよね
〈二階がポップス

三階がクラシック〉
ベートーベンのチェロソナタばかり探しながら
早く帰りたいんだよと脚が言つてゐた
あの昼の階段は
夜の十薬のそばにも天を衝き
ポストはなかなか近づいてくれない
妻は急に燃え上つた頭痛（コップシュメルツ）に耐へながら
ぼくの脚を気づかつてゐる
それでゐて十薬の小花の上には
ひるまの中古ＣＤ屋の階段が聳えてゐるんだ
この日『木下杢太郎を読む日』の首途を祝ひ
ふかくなる義母の認知症を憂ひながら
十薬の花の散在を
星のやうに信じた

＊

わたしはかうした機会詩から書き始めて、一年前の六月十四日『熱帯植物園』の注解へと分け入つたのだつたが「六月十四日朝、雨。「未来」（わたしが編集人を務める歌誌）7月号のうた書いたあとで。」といふ注記があるので、今まで書いて来たことの一つの実証として、その「うた」も写して置く。

### 見知らぬ夜

愛用のペンを「展示」に出した後朝々削る2Bの紺
書き続けたる「けさのことば」は素十の句選りて三十年目に入りぬ
魚焼いた臭ひを逃すべく空けし窓ゆ見知らぬ夜が入り来ぬ
消しゴムを挟む右手の拇指示指のほのかにあかく朝光の中
静脈の浮く手背もて覆ひたることいくたびぞこの書閉ぢて
短夜のしらしら明けに読み了へぬ妻から借りた『多崎つくる』を
雨傘を日傘とさしてゆく巷今日こそ人に迫らねばならぬ

「展示」は二〇一三年三月名古屋市の「文化のみち二葉館」（文学館）で開かれた「岡井隆の世界展」である。「けさのことば」は中日新聞に三十年近く毎日書いた朝刊コラムで、今年二月に終つた。『多崎つくる』は、評判だつた『色彩を持たない多崎つくると、彼の巡礼の年』（村上春樹）で、あの頃読んだことがわかる。

短歌の持つ定型の力を信じて生活の断片をそこへ記録し続ける。それが「詩」であるかどうかを疑ふことがない風習。

その先に「夏の朝、関口涼子を読む」があつた。そしてやがて「冬の多様な時間帯に関口涼子を読む」へとつながつて行つた。

わたしが、わたしの「注解するもの」に対して、いささかとまどひながら「翻訳するもの」をコラボして行かれる関口さんの「TRANS-NOTATION」の中で、一番「詩」の所在を感じたのは、ニューカレドニアの日系人ヨランダさんの「コノシロ、知っているでしょう」の場面だつたのだ。「詩と全く関係ない話をしている」(関口)どころか、まさにこれこそ詩の所在を言ひ当てた場面ではなかつたかと思つたのだ。それは関口さんの行動が日本の近代史の暗部に触れた瞬間であつたし、いささかながら戦時下の日本を知り戦後を生きて来たわたしの思想遍歴と暗く交叉した瞬間だつた。だから、わたしの拙ない「コノシロ伝説」といふ応答が生まれたのだ。

わたしたちの共同詩がこのあとどうなるかは考へる必要のないことだ。十七歳で詩を書き始めた関口涼子が四十歳にならうとしてローマのヴィラ・メディチに在る。ローマ生活ももう半年をすぎてゐる。「翻訳するもの」の生活も考へることも、大きく、あるいは細かく変つて行つてゐるだらう。

わたしはといへば、この三月を境に、いくつかの仕事から降板し、公職を止めて、純粋に物書きの生活に入らうとしてゐる。この共同詩だけではない。すべての書きものが、どうなるのか不明で、それは今までのいつのときもさうだつたのだ。脚の力を弱くしていつ転倒するかわからないながら、毎日歩かなければならないのと同じことなのだ。

持続するのは「志」ではなく、短歌といふ定型に拠る、定型詩人の「風習」なのだといつてよく、関口さんは、さういふ母国の詩の「風習」からは遠く離れてをられる。しかし、日本語で書く限り、この〈持続する日本語の詩の風習〉からは、離れることはできないであらうといふのが、さしあたりわたしの抱く直感的な予測なのである。

# TRANS-NOTATION 4

関口涼子

## ――五つの都市の間で（ローマ、ジュネーヴ、トリノ、ナポリ、パリ）

岡井さん。

岡井さんとの共同詩が始まってから、もうすぐ一年になります。

岡井さんからの最初の言葉を頂いたとき、わたしはパリから大阪、そしてニューカレドニアへの飛行機を乗り継いでいましたが、今もまた、二週間の間にローマからジュネーヴへ、そしてイタリアの北部、トリノへ、戻ってからは荷物を置く暇もなくナポリ、そしてパリへと、「小刻み」な移動を続けています。その間ずっと、岡井さんからのお答えは、わたしとともに移動し続けてきました。

考えてみれば、不思議なことです。移動のために荷物を作る際、わたしはコンピューターのアダプターを忘れてしまいがちで、それがなくては書き続けることが出来ないと青ざめることもしばしばなのですが、言葉は荷物と違って、どこに行っても、「連れて行こう」と考えることさえなくても、わたしたちについてきてくれるのです。

子供のようなことをいう、とお思いになるかも知れません。でも、詩が自分から離れてしまった、と感じ、他の文学ジャンルに渡ることもかなわず、日々の、破片のような言葉だけと暮らしていると思っていたときも、確かに、何処にいようと、言葉はそこにあってくれていたのです。


岡井さん。

岡井さんからのお答えは、わたしがずっと考え迷っていた場所を指でさし示してくれるようなものでした。

「持続する書きもの」、という岡井さんのこの言葉が、わたしたちを、「無限遠のところに在る」ようでいて、「実は無限に近接した存在」にしてくれたのだと思います。


岡井さんがおっしゃるように、「短歌の持つ定型の力を信じて生活の断片をそこへ記録し続ける。それが「詩」であるかどうかを疑ふことがない風習」も、詩がエヴィデンスではなかったゆえに、その位置を問い続ける必要がある現代詩も、同時に十全に「詩」の領域にあって、それがまた、詩という存在の果てしのない不可思議でもあります。

前回のわたしの不躾な問いかけを読み返してみると、「詩」とわたしが書いていたものは、本当は「現代詩」と記すべきだったのでは、と思います。

「詩とは何か」という、あまりにも愚直な問いかけには意味がない、という人もあるかも知れませんが、近代に現れてきたジャンルは、小説であれ、近代詩であれ、言葉に別の生を与える新しい「生き物」として現れてきたからには、自分が何者であるかを考えることなしにその場所にいることは不可能です。それはまた、申し上げるまでもなく、近代に現れた、映画や写真など、多くの新しい芸術ジャンルにも共通することでした。勿論、「詩とは何か」という問いは、詩作と別に行われる必要は無く、実作がその問いの体現そのものである場合もありますが、どちらにしても、言葉が、現代詩の中で、どんな生を生きることが出来るのか、それを考えないものは詩人ではない、と、わたしは自分にそれを厳しく課して来ました。いえ、むしろ、言葉がわたしにそれを課してきた、といった方が正しいでしょう。それはまた、日本語で書かれる現代詩とフランス語で書かれる現代詩が、その生き方も問題意識も、また、伝統的な詩作形式との関わり方も異なり、その中で、自分がどのような作品を書いていったらいいのか、常に揺さぶられていただけに、尚更必要な作業でもありました。

しかし、その「責務」がまた、自分の詩作を縛っていたのでは、と、今になると、そう感じられもするのです。

岡井さんはご自分のお仕事を、「持続する書きもの」と定義していらっしゃいます。「短歌といふ定型に拠る、定型詩人の「風習」からくるとしても、まず何よりも、思考、そして言葉の現れを持続させる書き手であること。その中に、短歌もあり、注解も、詩も、日記もあるのですね。

わたしは現在、詩を書くことはないのですが、日本語では、岡井さんに手を取ってもらい、こうして散文を書くようになりました。フランス語では、何年か前から始めた散文での執筆が五冊目になろうとしていて、これまで書いてきた詩集の数と散文での書物の数が、ほぼ一緒になりました。

このまま、書くことそのものが中断されてしまうのではないか、と思われた六年ほどの間、わたしを言葉に繋ぎ止めてくれたのは、翻訳という行為でした。他の人が、ある言語で紡いだ言葉を、たまたま二つの言語を身体に持つ、翻訳者という人種である自分が、別のもう一つの言葉として唇に上せていくこと、そういった作業を通じて、わたしは言葉と繋がってい続けられたのだと思います。

岡井さんのお仕事の中でも、注解、という行為に目を見張らされ、わたしがそこに飛びついたのは、まさに、自分が「翻訳」を通じて、似通った関係を言葉と結んでいたからなのでしょう。「注解」も、「翻訳」も、「創作」とは一般的には見なされないのかもしれませんが、言葉とある特殊なかかわりを持つ行為であり、そうして、曖昧な場所にあることによって、かえってわたしたちの思考に大きな示唆を与えてくれ、ひいては創作の核にさえなることがあるのです。この作業にかかわる者誰しもがそのような密な関係を「注解」や「翻訳」と持っているわけではないでしょうが、わたしは、岡井さんと「注解」との関係に、自分が「翻訳」と結んでいた関係に近いものを感じ取っていました。まるで、秘密を共有する共犯者のような気持ちさえ勝手に感じていた、といってもいいかも知れません。岡井さんが「注解獣」として、わたしの作品を「「小刻みに」注解しようとしてゐた」のだとしたら、わたしは「翻訳獣」、他の作家が編み出した言葉を食べ、別の言葉で伝えることで生きていた獣として、岡井さんが注解という行為そのものを作品にしていった過程を、翻訳という行為で可能ではないかと感じ、それを必死にまねぶために、岡井さんの『注解する者』をやはり「小刻みに」読んでいたのです。

注解も、翻訳も、自分と言葉の間に、別の存在によって書き留められた言葉を置く行為です。創作が、どれだけ間テキスト性を持つとしても、基本的には自らが能動的かつダイレクトにテキストを発生させていく行為だとするならば、注解や翻訳は、他者のテキストなしには絶対に存在し得ない、という点で、確かに、一般に考えられている「創作」とは性質を異にするものです。詩を書いていなかった間、翻訳の作業を続けながら、わたしは、他者の言葉と一緒にいることに、奇妙な安心感さえ覚えていました。一人ではなく、複数の手、複数の声を持って言葉に触れることで、今までよりも自由に、親密に、言葉に近づくことが出来たのだと思います。そして、その作業を通じて、まさに、その、他の声なしには、創作そのものがあり得ない、とさえ考えるに至ったのでした。

岡井さんが「コノシロ」のエピソードを挙げて、「まさにこれこそ詩の所在を言ひ当てた場面ではなかつたかと思つたのだ」と指摘して下さったことは、驚くべきことでもあると同時に、矛盾するようですが、岡井さんだからお話ししたいことを分かって下さったのだ、という気持ちもありました。というのも、わたしにとって、それが詩であるかどうかは分かりませんが、その声、その言葉こそがわたしにとってただ一つ「書かれるべきこと」であったからです。

ヌメアで耳にした、ヨランダさんの声。彼女の言葉は、ニューカレドニアの日系人の歴史を、味覚や、仕草という、最もアーカイブにしにくい場所、記録からはいつも取りこぼされてしまうまさにその場所から汲み上げてくれました。「コノシロ、知っているでしょう」というその声を、今度はわたしが、ともすれば消えてしまいかねないものをその手に掬う者、すなわち作家として、書き取りたいと思いました。どんな形でその声は語られるのがふさわしいのか。その声のために、どんな場所を、書き手として、自分は用意することが出来るのか。それを考えていくことが、自分にとって、書くことそのものなのだ、と今は思っています。

わたしは現在、マルティニーク出身のフランス語作家、パトリック・シャモワゾーの若き日の力作、『素晴らしきソリボ』という小説を訳しているところなのですが、この本の最後で、登場人物の一人、作者のアルター・エゴである、「言葉を書き留める者」と名乗る「シャモワゾー」が、なくなってしまったフォール＝ド＝フランスの語り部ソリボの生涯で最後の語りを、その日彼の語りを聞いていた他の者たちと一緒に再現しようと試みます。その行為を、彼は「翻訳する」という動詞で表しています。フランス語でも例外的な用法で、作者自身もそれを意識してか、この単語をイタリックで書いていますが、わたしは、そこでシャモワゾーが「翻訳する」という言葉をここに入れる必要に駆られた気持ちがひしひしと分かります。語り手がそれを聞く人の耳に残した声、言葉、仕草を、その本質を捉えられていないのかも知れない、と、恐れながら、それでも、その残された声を書き留めること。それが、まさにわたしが今後、言葉と共に行っていきたいと念じていることで、それは「翻訳する」といっても「書き留める、書きつける」といってもいいのかも知れません。

それは、詩なのでしょうか。

岡井さんの注解が詩であるなら、「コノシロ」もまた、詩であるでしょう。そうであれば、わたしは詩から追放されたのではなく、これこそが「詩」であると今までわたしが思い込んでいた、言葉の、ある姿勢から離されたのに過ぎない、ということになるのかも知れません。

十年ほど前になりますが、吉増剛造さんと往復書簡を行ったとき、わたしは、他のテキストと手を繋ぎ、その手を放さず書き続けていくことが、わたしにとっての詩なのだ、と書きました。そのときのわたしは、これからも現代詩を書き続けていく確かな手応えを得たと感じたのですが、実はその時こそが、わたしが、わたしが「詩」だと思っていた形からは追放され、言葉との他の関係に入っていった瞬間だったのでしょう。自分が、そこから新たに詩を始めていける、と思って書いたテキストが、実は詩との別れになっていたと、ずっとあとになって気づくとは皮肉なことです。

今考えてみると、わたしが「詩」だと思っていた空間において、わたしが生き続けることが出来なくなったのは、一種の必然でもあったのだろうと思います。わたしは、言葉を唯一の他者として、言葉を正面に置き、言葉に向かってたった一人で問いを発し続けていました。それは、言葉という絶対的な他者こそあったものの、いつかは衰えていく空間であったのでしょう。その「詩」に意味がなかったとは決して思いません。それは、孤高に屹立する、今でも懐かしく思い出す、言葉の有り様でした。

今、わたしは、言葉を正面に据える代わりに、言葉の横に座り、他の声の持ち主、他者、複数の他者たちに向かって、呼びかけ続けています。時には、向こうから声が返ってくることもあり、その声は、わたしの隣にいる言葉が、様々な言語でわたしの耳に囁いてくれるので、それと知れるのです。

それは、詩なのでしょうか。

岡井さんのお答えを頂くまでは、わたしは、今自分が書いているものは詩ではない、と思っていました。詩は、内容ではなく、言葉のある動き、ある形、ある生存の仕方自体を指し示しつつ体現するもので、そういった意味では、わたしが現在取り組んでいるテキストは、「形式」としては散文以外の何物でもないと思っています。

ではそれは、「持続する書きもの」なのでしょうか。

そうだ、と、岡井さんのおかげで、今ははっきりといえます。

わたしは、「詩人」として書き始めたときから二十年近くを経て、やっと、「持続する書きもの」に携わる書き手となったのだと思います。「自分の思想を細かく引き裂」き「小刻みに書く」というジュール・ルナールの表現はそぐわないかも知れませんが、結果として同じことを意味するかも知れない感覚は持っています。それは、書き続けることによって、全てが手を繋いでいく、という印象です。途切れることのない思考の中に、様々な散文と翻訳が、どこかで繋がりながら存在し、もしかしたらいつか、詩がそこに戻ってきてくれることもあるのかも知れません。

現在わたしがこのようにして書きつけている言葉は、かつてわたしが言葉と二人きりで書いていた言葉の、「定型（という用語は正しくないのは知っていますが、現代詩は、毎回自分の定型を生み出すジャンルなので）」が生み出す結晶のような美しさはもう持たないことを、わたしは知っています。全てが繋がっているがゆえに、きっちりと閉じられない部分があり、溢れ、こぼれていく部分があります。それは、「持続する書きもの」の生にわたしも、新参者として入っている証なのかも知れません。

しかしそれは、言葉に対して妥協をすることを意味するのではありません。散文は、言葉の抵抗の少ない形式であることには間違いありませんが、それゆえにまた、寛大さも備えています。

散文はわたしにとっての「必然」であり、自分が書きたいこと、というよりも、誰かによって書かれなければと感じている事柄を、出来る限り在るべき位置に、かなうことなら適切に、そして生き生きとした姿で書くことに付き添ってくれるジャンルです。そこでは言葉は、世界に寄り添う存在となって、自分を助けてくれるのです。

勿論、わたしが申し上げたような試みを、詩作の中で行えている人は少なくありません。これは、散文ではなく詩の定義である、という人もいるでしょう。他者の声を書き留めることは詩にも十分に可能で、だからこそ、岡井さんも、「コノシロ」の声を指して、「詩の所在を言ひ当てた」とおっしゃったのでしょう。わたし自身、『熱帯植物園』では、自らは語ることない植物や鳥の生、『二つの市場、ふたたび』ではマイノリティとしての女性詩、そして読まれる身体としての読書の経験、『グラナダ詩編』では死者をテーマに据えてきました。しかし、わたし自身は、詩の中でそういった試みを極限まで続けることが出来なかったのです。それが不可能であったとするなら、それは、わたしがこうであると思い込んでいた「詩」の定義のせいです。本来なら、詩は、もっと豊かな、自由なものであるに違いないのです。他の詩人たちの作品に、そういった果実を読むことも幾度となくあります。そして、岡井さんご自身が、短歌から現代詩へと行き来することで、その領域を広げてくださっています。

わたしは、おそらく、若くして「現代詩」の詩人であることを始めたせいなのか、「現代詩」、また「言葉」というものが、わたしの前に常に圧倒的な存在としてのしかかっていました。そして、その有り様が自分にとって変わり得るなどとは思いつきもしませんでした。言葉をただひたすら畏怖し続け、その存在に打ちのめされたときに、手を差し伸べてくれたのが、翻訳であり、散文であったため、今の選択があるのでしょう。そして、前回申し上げたように、詩から追放されてしまう人たちは、そのように、自分にとっての「詩」の存在が変わり得るものではなかったゆえ、筆を折ったり、小説など別の文学ジャンルに渡ったりしたのだと思います。しかし、そのような、圧倒的な、書き手を引き摺り振り回す部分も詩の中には確実にあり、それは詩の大いなる謎であり、そこに惹かれるがゆえに比類のない作品をものし、その後詩の領土を離れていった詩人たちも存在します。そのことは、詩との出会いの決定的な体験ではあっても、後悔したり否定したりするものではありません。

「現代詩」と別の出会い方をしていたならば、詩を、続けられていたのかも知れません。そのように、豊かな形で変容することの出来る「現代詩」に、もう一度出会える日があればいいと、夢を見るように願っています。

わたしは、詩人ではなくなりました。日本語での詩人として、「現代詩」の中で、わたしがしていたことが言語の中で何がしかの機能を果たしてくれたのかどうかは分かりません。フランス語の詩人としては、おそらく、もう少し役に立ったのではという手応えは持っていますが。どちらにしても、自分が現代詩の詩人として書き始めたときから、詩から追放されるまでの過程、それから、他者のテキストを他の言語に書きつける仕事を通じて、母語とは別の言語での散文、そして再び日本語に至るまでの過程が、一つの奇妙な実例として役に立つことがあるのであれば、自分がいっとき詩の領域に住まっていた意義もあったのではと思っています。詩というのは、人にそのような不可思議な旅をさせることがあるのだと、今身にしみて感じています。

「詩とは何か」と問うことの責務が、自分の詩作を縛っていたのではないか、と、先程書きました。なのにここでも相変わらず、詩とは何なのか、これは詩なのか、と、性懲りもなく問い続けています。

でも、「詩とは何か」と問うべきではなかった、とは思わないのです。それが結果として自分を詩から追放する発端となったとしても、詩とは何かについて考え抜くことによって、わたしは詩から追放され、長い間溺れた末に、別の岸にいる言葉に救われ、陸に上がって歩くことが出来たからです。大きな遠回りをしたとしても、それは、わたしをどこかに動かしてくれた、という意味において、それがどの方向であったとしても、無駄ではなかったのです。

そして今回も、不作法に「詩とは何か」と岡井さんに問うことで、岡井さんに助けられ、このような思考の道筋をおぼつかなくも辿り、「持続する書きもの」という言葉、新たな問いの萌芽を、贈り物のように頂くことも出来ました。

岡井さんは、「持続するのは「志」ではなく、短歌といふ定型に拠る、定型詩人の「風習」なのだといつてよく」とおっしゃっていますが、この、「風習」という言葉を、惰性や容易さと結びつけてはならないのは、そのすぐ前に「すべての書きものが、どうなるのか不明で、それは今までのいつの時もさうだつたのだ。脚の力を弱くしていつ転倒するかわからないながら、毎日歩かなければならないのと同じことなのだ」とお書きになっていることからも分かります。恐るべき文章で、言葉を持続させ、止まらずに、歩き続けるという、眩暈のするような岡井さんの道のりを思います。

わたしが、貧しいこれまでの執筆活動の中で、一つだけやめなかったのは、「詩とは何か」と問い続けることで、それは、岡井さんの「風習」と最も遠くにいるようでいて、岡井さんがおっしゃるように、「地球を一周すると同じ場所に戻るやうに、実は無限に近接した存在」なのだと思います。それだけが、わたしの中で持続してきたことだったからです。

「詩とは何か」と問うことが自分を狭めていたとすれば、それは、その頃の自分が、それに答えを求めていたからです。他の問いと同じように、答えに辿り着く問いだと思い込んでいたからです。それが馬鹿馬鹿しいことは、今回も、詩とは何か、と問い始めながら、今の自分の身体がそうであるように、あちこちの都市を様々な交通手段で行きつ戻りつ、結局導かれた場所は、詩とは全てであり、一様な定義からのがれていく、何処でもない場所だったことからも、分かります。

導かれる場所は何処でも、いいのだと思います。

問いは、答えを求めることが目的なのではなく、問うことそのものが目的である場合があるからです。そして、たとえば小説が、「世界とは何か」としばしば問うているとすれば、詩は、問いそのもの、

言葉そのものであるがゆえに、答えではなく、問うこと、そのものだからです。

# 荒梅雨の日々に

岡井 隆

## 1

二〇一三年六月十日朝七時－七時半

始めは二〇一二年十二月二日の関口さんとの対談「注解するもの、翻訳するもの」（「現代詩手帖」二〇一三年一月号掲載）だつたが二人の往復詩簡は三月号からの掲載が予定されてゐた。現（うつつ）には大きく遅れた。

花の咲く前に思ひしはかなごと　花終りたるのちも残れど

反歌風ソネット

甲冑（かつちう）のやうに厚い結核性の肋膜を着た
病者を診（み）ながら
玄界灘沿ひの新しい職場で働いてゐた
（夢は執拗に昔の労働を辿つた）

自分の実力を未知の仲間から
試されてゐるつてことだ
院長が出て来てするいくつかの初歩的質問
試されてゐるとも思はず素直に答へてゐた

「p（ピイ）とq（キウ）をともに肯定するすべてのシンボルに
共通なもの、それが命題「p・q」である
pとqのいづれかを肯定するすべてのシンボルに……」（ウィトゲンシュタイン）

過去はp　現在（いま）がqとすれば　命題「p・q」の
つきつける痛さに目覚めて
夏曙（あけぼの）の白さの中で盗汗を着て覚めてゐるのだ

二〇一三年六月十一日朝六時

## 2

言葉で語ることのできないものがある。しかしそれは自らを開示する。（自づと示される。）

ウィトゲンシュタイン

それは神秘である。)

同学の先輩N氏六月六日死去。八十三歳

あはてないでゆつくりと今の弔意を開示してみよう
Nさんの本名さへ
新聞の訃報で知つたばかり
その生き方も小説もぼくとは無縁のままだつた

信濃町の医学部階段教室の最上階に君
ふり仰ぐ位置の席にぼく　一級違ひの学生同士だつた
やがてフランスへ留学したと噂が立ち
ぼくは学内の共産党細胞に近づいてゆく

ユーモアとか軽みとか　あの時代に母国を去るとか
すべてぼくの指向とは反してゐた
同じ学校に学んだヒトラーとウィトゲンシュタインみたいにさ

比べてはならない同時代人つてあるものだ　あの頃
大学病院の廊下で立ち話した
大歌人の次男Sさんの方が　通ひ合ふものがあつた

反歌数首

母校つて　アンビバレンツな存在だ　さう言へば母（はは）つて常にさうだが
ウィトゲンシュタイン風にいふなら（p・q）と（p∧q）を併せもつた「神秘」だ
相手は精神科（プシコ）ぼくは内科でそれも厚い肋膜を着た患者（クランケ）相手だ
じわじわと来るのは当方の劣勢だ今はプロ領域のない医（アルツト）だ
たくさんの失意の果てにひろがつた中年といふ草原をゆく

二〇一四年六月十日夜

3——一年が経つて

今、目が覚めている、そう気づく前と
後の間に位置する地点を正確に指差す
ことは困難で、何が私たちを起こすの
かも知らず、まだ薄暗いながらも次第

に粒子を鮮やかにしていく白壁の反射
が目覚めをもたらすのか、細かな音の
波を振り落としながら旋回する小型の
鳥たちにより起こされるのか、

関口涼子『グラナダ詩編』

反歌風にぼくの目覚めを歌へば

誰がそして何がわたしを起こしたのだらうか枕上卓(ベッドサイド)の蒼扉?
あかつきの夢のさ中でわめいてゐた遠い昔の友どちの声
カーテンの鎧戸(よろひど)を少し明(あ)けてみるときにもやもやと今日が始まる
暗く重い夢のなごりが少しづつ晴れていく中入れ歯を洗ふ
卓上の数冊が扉。突かれつつ始めの終り、終りの始め

## 4

二〇一四年六月六日

今年は胃と腸を病んだので、門を唱ふ。

## 開門待ち

正午には門は開きますよ
門のまはりの草の繁りに励まされて
開門を待つてゐると

門番さんは門のめぐりの細胞（セル）の　核（ニュークリアス）　に一つ一つ餌をやつてゐる
ぼくは椅子に拠つてチョコバーを舐める
噴門（ふんもん）つて胃の入口水を噴いて口唇に迫る
幽門つて胃の出口その先の長い幽界に続く

門番の厚い胸板には豹脚蚊（やぶか）がたかつて
（ひよつとしてチョコバーにも来るかな）
かれは核の飼育に余念がない

門は午（ご）には開くつて
安うけあひはいけないよ　君
ぼくのチョコバーは溶けつつある

門はどのみちゆつくりと開き
門番のきみは茫然と見送るだけだ
濁流なす　あの食物塊の上り下りを

それに続いて　ぼくのやうな無名の塊（かたまり）も
二つの門を次々に下るのだ
夕べまでには　確かに　何度も

反歌風につけた和歌数首

私といふこの肉体がつくばひて許しを乞ひし昨夜（きぞ）のことあはれ
寝（い）ねぎはに語りしことがよみがへり来るとは今朝を此岸といはめ
直腸の入り口あたりを意識してありし一刻（ひととき）、霏霏として非否（ひひ）
奇妙だがさはやかな夢大広間に家族十人夕食をとる
梅雨の夜にわれの葬儀を主宰せし首太き若き男　マルセル

5

二〇一四年六月十一日朝七時

米軍占領下の母国で母校の旧制高校生の友人たちと名古屋市天白区八事天道（やごとてんどう）の父の家に住んでゐたころのことをとてもよく憶ひ出す。丘の斜面に立つ広い社宅だつた。

**卓球からゴルフへ**

友どちのまた友どちつて厄介だよなあ
友どちといふ河の向かうの川みたい
流れてるのが見えるが
水はこちらへは来ない

友どちのまた友どちとその友どちとが
俺んちの庭の芝生に置かれた卓球台で
球を打ち合ふのを
俺は縁側に立つて見てゐた

なに故に彼らはここ
わたしの領海でピンポン船を浮かべるのか

不快になつて
止めよ！　去れ！

止めて去つたあとで
三人分のケーキを持つて
母そばの母があらはれた
帰つたよ（聞こえてたよ帰したのね）

父のみの父は卓球台の取り払はれたあとの
芝生でゴルフボールをころがし始めた
躑躅（つつじ）の根方まで行つた白球が
鼹鼠（もぐら）の穴を覗き込んでる

二〇一四年六月十日午前八時

6

毎日森鷗外の『沙羅の木』（詩歌集）の注解をしてゐる。やがて与謝野晶子の『夏から秋へ』の詩の注解へと進む。「注解する者」が、やがて深く嘆くものへと移行することもある。母国、母校の詩に続いて母も詩化してみた。

## 山路こえて独り行けど

火鉢によりかかつて正座
揃へた足の裏で痔疾痛を鎮めてゐた母が
煙管（キセル）に紙巻タバコを入れて
すひはじめた

昨日の書斎での父母のやりとりは
子供部屋につつぬけ
深い処（ところ）で父母の脚はよぢれ合つてるらしい
その間へ叔母の若い身体（からだ）が入つて来た

山路こえてひとり行けど
主（しゅ）の手にすがれる身はやすけし
好きな讃美歌を唱ひながら過ぎる谿（たに）

母さん煙草は止めた方がいいんでない
隆さんは作文にわたしのタバコの煙を
書いたってね（沈黙）綺麗に書いたんだが……

7——ペソアに関連して。

「もし、ある日、何らか
のうれしい手違いによっ
て、私たちが出会うこと
があり、まちがってルミ
アールから、またはポソ・
ド・ビシュポから出るバ
スに乗ってしまったら三
十五分、偶然会うにして
は、いつもより多くの時
間が配分されるだろう。」

「Adagio ma non troppo」『グラナダ詩編』

関口涼子さん。日本は今、梅雨に入ったところで暗い荒梅雨（あらつゆ）の日が続きます。ローマは、そしてパリはどうでせうか。

『グラナダ詩編』を読んでゐてAdagio ma non troppoの章でフェルナンド・ペソアが出て来ますと、実はわたしももう何年前からペソア・ウィルス（澤田直の命名）に侵されてゐて『不穏の書、断章』（二〇〇〇年、思潮社、澤田直訳）や「現代詩手帖」一九九六年六月号の「フェルナンド・ペソア特集号」を何度も読んで、ペソアの断想やアフォリズムに酔ふことがあります。

関口さんはペソアの膨大な量の遺稿のフランス語訳を読んでをられるのですから、わたしとはペソア観も違ふでせう。

当時十九歳だつたフィアンセのオフェリア・ケイロスとの八箇月ほどの交際と、その破綻。それを残されたペソアの書簡から解いて行く。まはり道とか、待ち合はせといふのも、携帯電話の発達した現代からは古典的ともいふべき逢ひ引きの方法です。

二人は同じ会社に勤めてゐたともききますから待ち合はせも微妙な状況にありませう。リスボンの街を想像しながら考へてしまひます。

『グラナダ詩編』の注解といふ作業も進めようとすれば大きな愉しみになりませうが、日本では多分、ペソアの遺稿は部分的にしか訳されてゐません。ペソアといへば、例の「異名者」の問題がありますね。いはゆるペンネームとは違つて、その名を持つた「異名者」

が一人の詩人格の中に立ちあがるのですよね。噂によればペソアには、有名な四人の異名者の外に七十七人の異名者が居たとか、一体この異名が、いわゆる筆名とどう違つてゐるのか、深く考へさせます。

一年の間、往復詩簡をつき合つて下さつてありがたうございました。まだいくらでも続けられさうでもあり、この辺で一度休養して、別の方向の草原を目ざすのもいいかと思つてゐます。

いつかまたお目にかかれる日をたのしみにしてをります。

二〇一四年六月十一日

# 伊太利亜 TRANS-NOTATION 5

関口涼子

岡井さん、もう一年が経とうとしているのですね。この連載が始まろうとするとき、わたしは岡井さんの『伊太利亜』を読んでいました。そして今再びこの歌集をひもといています。一年間、ローマ滞在の間、岡井さんの歌集を読み続けてきて、滞在の最後にもう一度、この、岡井さんのイタリア旅行を機に編まれた本を開き直すのには不思議な感慨があります。

岡井さん、この最後のお便りを、何度も書いては消し、別の道から辿り直してからまた消すという作業を繰り返しました。岡井さんとの共同詩で、これまでは、集中する、密度のある執筆の難しさはあっても、これほど逡巡したことはありませんでした。

考えた末、わたしが今回お送りするのは、『伊太利亜』の、注釈でも翻訳でもない、『伊太利亜』に寄り添う行為、岡井さんの伊太利亜であり、その中から、わたしの伊太利亜、此処での感情と思考の容れ物ともなってくれた言葉を、もう一度ここに書き付け直す行為そのものになります。

時にはフランス語で辿り直し、時には岡井さんがお書きになった日本語だけを口に出す、そのような作業になりましたが、もしかしたらこの方が、岡井さんの伊太利亜を、十二年後の私の伊太利亜と重ね合わせる「共同詩」にふさわしいのではと思われました。

岡井さんが『伊太利亜』の後書きでおっしゃっている「自分の信条（クレド）といふものを、一度箇条書きにしてみたいと思ふことがある。先づ、宗教的な信条はあるのか。あるならば、今の時点でよいから、はつきりさせてみよ。同じく、政治的な信条もあるに違ひないのであるが、それはなにか。〈存在〉について（何人かの、好きな哲学者の援けを借りてでも）考へてゐることを書いてはどうか。ジェンダー（男と女）について、性（セックス）について、なにか定見はあるのか（中略）そんなことをあれこれ考へながら、この『伊太利亜』の初校のゲラを読み返してゐる」、それをわたしも『伊太利亜』を読みながら、ずっと、考えていました。


最後に岡井さんが、ペソアの名を出して下さったことへの、これは、わたしなりの、問いかけであり、お返事なのかも知れません。お返事というのにはあまりにもあやうい、たよりないもので、お声をかけて下さったことに対して、やっと声を返す以上のものではないかも知れません。

それでも、詩との別れについて「詰める」ように書き続けていったわたしに、ペソアの名を思い出させてくださったことで、一つの道が、または道というよりは螢が描く線のようなものが、私の目の前にも引かれるのが見えたような気がします。

ここヴィラ・メディチにはローマの中心でありながら螢がいて、本館から自分の家に戻る途中、「森（ボスコ）」を通り抜けるとき、螢が舞っているのに出会います。そうしたはかない存在の脇を歩きながら、街の中でもあるのに外でもある特別な場所で、岡井さんとの思考を続けていけたのは、わたしにとっては何にも代えがたい僥倖でした。

岡井さん、この一年、本当にありがとうございました。

伊太利亜にて　関口涼子

走るやう
に歩いた
やはり確
実に詰め
ていつて
たアッシ
ジまでを

水滴を一ぱいつけて電車往き
ときをり雷神が
婚ひに
来た

Dans une gerbe de gouttelettes le train passe
De temps à autre descend
Zeus
Pour ses épousailles

夏の灯にひつたりとつく
蛾の腹の
熱くなるまで

Assisi に居よ

Reste à Assise
jusqu'à ce que le ventre du papillon de nuit
chauffe
collé à la lumière estivale

大小の鞄を
隣室にうつ
すには両手
と肩にさげ
ねばならぬ

Transporter des sacs
Grands et petits
Faut que ça pèse
dans mes mains, dans mes épaules

うしろ手で
ドアをしめるといふときの
　うしろ手　はかな
　　道は一つだ

Je ferme
la porte derrière moi
ma main, cette main est triste

un seul chemin me reste maintenant

下り坂　声のみさやぐ
　つばくらめ
風はしばらく此処に

集ひぬ

La pente descendante
Seuls les cris de hirondelles se font entendre
Les vents se rassemblent ici
Quelques instants

戸の外を想ふことなく
日に幾度
くらき扉に向かひて歩む

Sans laisser ma pensée franchir cette porte
Je me rends, plusieurs fois par jour,
devant une porte sombre

亡きものを

恋ふる心に
えにしだは
堤堤に咲き
さかりけり

（えにしだは堤堤に
えにしだは堤堤に
Cytisus
Kytisso 〈つめくさ〉
アカントゥスもまた
に）

裏庭の湿れる道は木戸すぎて
遠い畑へ行かむ
帰国後

瞬間に渦巻いて来る感情を
もてあましつつ
放ち遣りたり

Sans rien faire des sentiments
Qui tourbillonnent un instant
Je les lâche en l'air

li lancio in aria

初出＝「現代詩手帖」二〇一三年九–十一月号、二〇一四年一–八月号

注解(ちゅうかい)するもの、翻訳(ほんやく)するもの

著　者　岡井隆(おかいたかし)、関口涼子(せきぐちりょうこ)

発行者　小田久郎

発行所　株式会社思潮社

〒一六二−〇八四二東京都新宿区市谷砂土原町三−十五

電　話　〇三−三二六七−八一五三（営業）・八一四一（編集）

ＦＡＸ　〇三−三二六七−八一四二

装　幀　中島浩

印刷・製本　三報社印刷株式会社

発行日　二〇一八年九月三十日